당신의 곁에서,

안시내 드림.

어디에나 있고
어디에도 없는

안시내 지음

어디에나 있고
어디에도 없는

푸른향기
Prunhyang Publishing Co.

여전히 나는 작고 유약하기에

서른을 맞았다.

사람들은 서른이 대단히 특별한 듯 말했지만, 22년 1월 1일의 나는 21년 12월 31일의 나와 같았다. 삶이 연속적이라고 생각하는 사람은 누구든 이 미세한 차이를 알아챌 수 없을 것이다. 숫자가 바뀐다고 해서 하루 만에 달라지는 건 없었다.

친구의 수는 조금 더 줄었고, 잔고는 비슷했고, 몸무게는 조금 더 늘었다. 잃은 사람이 생겼다. 아름다움과 비참함의 곡선은 나의 생에서 계속해서 마주쳤다가 멀어졌다. 더 나아지는 인간이 되기를 늘 갈망했지만, 해가 갈수록 모자람을 더 발견했다.

더 과거를 돌이켜본다.

시인이던 나의 엄마는 어린 시절의 내게 공부하라는 말 대신 일주

일에 한 편씩 글감을 주고 무엇이든 만들어 오라는 주문을 했다. '가을'
이나 '추억' 같은 평이한 주제들이었다. 나는 그곳에 그림을 그릴 때도
있었고, 기승전결이 완전히 어긋난 소설을 쓸 때도, 내 이야기를 담을
때도 있었다. 대부분 형편없었지만, 엄마는 하루의 나열 대신 감정을
끄집어내는 나를 사랑했다. 나는 사랑받고 싶어서 계속해서 나를 끄
집어냈다.

교묘하게 얽힌 생각의 끈들은 활자를 통해 쉬이 배출되고, 나는 자연
스럽게 내 삶을 밝히는 사람이 되었다. 얼마나 허술한 인간인지, 얄팍
한 마음을 가졌는지 다 들통나버리고 마는. 세상은 횡포했고, 나는 자
꾸만 남이 만든 활자와 내가 만든 활자 속으로 기어들어 갔다. 내가 만
들어놓은 사랑의 울타리에서 안식했고, 콤콤한 냄새가 풍기는 아픔의
무더기는 가끔 찾아가 눈물을 흘렸다.

여행과 사랑과 떠남의 굴레 속에서 혼란스러운 20대를 마치며 그간 써내린 글을 정리했다. 투박하고 초라한 광택이 묻어 있는 삶. 여러 번 넘어졌지만, 그래도 다시 일어나고 마는. 아마 누구나의 삶의 귀퉁이가 이곳에 있을 것이다. 무언가를 이루라고, 이것이 맞다고 말하는 사람은 되고 싶지 않다. 애써 멋있는 문장을 쥐어짜 교훈을 주고 싶은 생각은 더더욱 없다. 아직 무엇이 맞는지 잘 모르겠는 삶의 언저리. 어섯눈으로 세상을 바라보는 나는 여전히 작고 유약하기에, 그저 하나의 삶 속에 담긴 사랑과 위로를 알아채 주길 간절히 바란다.

아름다움과 비참함이 팽팽하게 맞서는, 그악스러운 삶의 무게를 세상의 모두가 꿋꿋이 견디고 사랑하길 바라면서. 미약하게나마 내게 기대주길 바라면서. 조심스레 글을 건넨다.

Contents

버찌

≋

찌야-

낭창한 소리가 주변을 울린다.

서른에 다가온 지금까지도 일흔이 넘은 외삼촌은

나를 찌야, 버찌야라고 부른다.

그렇게 부르기에는 이제 앙증맞은 나이는 지나갔다고

아무리 말해도 외삼촌은 두서없이 나를 자꾸 불러댄다.

시골의 낮은 바람과 잘게 부는 잎사귀와 흔들리는 열매들 사이로

나의 이름은 자꾸만 빠져나간다.

엄마가 서른다섯이나 먹고 나를 가졌을 때, 아빠 없는 아이는 아니라는 모두의 반대를 무릅쓰고, 생명이 위험하다는 의사 선생님의 말까지 삼킨 채로, 그렇게 어렵게 나를 가졌을 때, 길가의 벚나무에는 고운 잎들이 찰랑거렸다. 엄마는 벚나무를 한참이나 바라보았다고 한다.

사라져가는 꽃잎 대신 사랑스러운 버찌가 매달렸을 때, 팔삭둥이는 세상 밖으로 나왔다. 2kg 겨우 넘는 작은 아이는 한참이나 눈을 뜨지 못해 그 봄이 얼마나 아름다웠는지 기억할 수가 없다. 작은 아이를 품에 안은 엄마는 다시금 하늘과 나무를 바라보았다. 세상을 안은 기분이었다. 엄마는, 당신을 떠나간 아이의 아빠가 지어준 이름 대신 버찌라고 나를 불렀다. 봄에 대롱대롱 매달린 버찌는 엄마에게 겁을 내지 말라고 말했다. 엄마는 한참이나 버찌를 바라보았다. 작고, 아름다웠다. 세상의 모든 별이 엄마에게로 쏟아져 내렸다.

예닐곱 살의 버찌는 도무지 먹지 않아 엄마를 걱정시켰다. 또래에 비해 한 뼘이나 작은 버찌는 가는 팔다리로 매일 어딘가를 쏘다녔다. 작은 동네에 자라나온 아이가 모두 그러하듯, 버찌는 동네를 어딘가를 자주 돌아다녔다. 주로 동네 책방이나 만화방이었다. 오복당 서점의 주인 아저씨는 글을 빨리 뗀, 또래보다 유난히 작고 말이 많은 이 아이가 상

그리웠는지 저녁쯤엔 336-6792로 전화를 걸었다. 엄마는 언제나 서점 구석에 앉아 동화를 읽는 나를 잡으러 왔다. 동화 속 공주님도 좋았지만, 엄마의 굵고 못난 엄지손가락을 잡고 돌아가는 어두운 길이 더좋다고 생각하며 롯데리아를 지나, 거북공원을 지나, 온기가 있는 집으로 향했다.

버찌에겐 열 살 터울의 오빠가 두 명이나 있었다. 노란 머리의 날라리 오빠는 노느라고 집에 오질 않았고, 검은 머리의 작은 오빠는 공부하느라고 집에 오지 않았다. 우리는 아빠가 달랐다. 어린 날의 나는 내 아빠가 적어 내린, 엄마가 침대 밑 상자에 숨겨놓은 오빠들에 관한 글을 훔쳐 읽으며 오빠들을 상상했다. 그 속에서도 결국 엄마만 읽혔다. 세상에는 엄마와 나, 그리고 엄마의 오래된 책들만 존재했다. 이해되지 않는 낱말들을 읽어내리며, 엄마의 뒷모습을 쫓아갔다. 고독과 천진난만 속에서 당신은 살아갔고, 나는 매일 아침 엄마의 뒷모습을 보며 울음으로 깨어났다. 당신은 울지 않았지만, 나는 자주 울어 당신을 괴롭히고는 했다. 엄마는 달래줄 틈이 없었다. 엄마는 외롭고 바빴다. 아팠지만 강했다.

내가 조금 더 크고부터 매년 봄 나의 생일이 오면 엄마는 버찌를 위한 시를 지었다. 이해하기 어려운 시어들이, 감당하기 버거운 사랑이 영 어렵기만 했다. 한 편의 시보다는 엄마와 함께하는 온전한 하루를 꿈꾸었다. 혼자의 몸으로 자식들을 키우는 엄마는 어쩔 수 없이 버찌의 눈에 처연히 보이는 작은 외침들을 외면했다. 초등학교 입학과 동시에 나는 개명을 해서 시내라는 이름이 있었지만, 어른들은 여전히 나를 버찌라고 불렀다. 방학이 되면 나는 여러 시골에 맡겨져, 빨갛고 작은 버찌 열매처럼, 알맞게 영글어갔다. 여전히 친척들은 나를 가엽게 여기며, 찌야, 버찌야, 하고 불러댔다. 넘치도록 많은 사랑과 동정과 음식들 속에서 매년 방학이 지나면 훌쩍 자라났다. 나는 여전히 엄마가 그리웠다.

머리가 덜 큰 시절 엄마에게 가장 많이 들었던 소리는 "아비 없는 자식처럼 보이면 안 된다."였다. 다시 생각해봐도 나는 그렇게 보이지 않았지만(사실 그렇게 보이면 어떤가 싶다) 작고 촌스러운 동네가 그렇듯, 그들의 부모에게서 들은 사악한 말들로, 어린 누군가는 나를 놀리곤 했다. 엄마는 내가 그런 말을 들은 날이면 얼굴이 새빨개졌다. 한참을 누군가와 통화하고, 결국 어른의 싸움으로까지 번졌다. 그런 말을 들은 후에는 엄마가 이기는 편이었고, 그냥의 어른들에게 엄마는 지는 편이었다. 나는 그래서 때로는 그런 말을 들어도 엄마에게 이르지 않았다.

엄마는 점점 엄한 어른이 되었다. 그래서 종종 아빠가 되는 순간이

어디에나 있고
어디에도 없는   17

있었는데, 그런 날이면 나는 늘 웅크렸다. 냉정하고, 무섭고, 엷은 잘못에도 당신은 떠날 사람 같아서 나는 두려웠다. 매일 6시에 일어나 영어 테이프를 들었다. 글짓기와 그림, 엄마가 좋아하는 분야의 모든 대회에 참가했다. 학교에 가서는 책을 읽었다. 1등을 놓치는 것이 두려웠다. 자랑스러운 딸이 되지 않는 게 무서웠다. 바람대로, 엄마는 버찌를 좋아했다. 하지만 우리의 방식은 너무도 달라 감정들은 여전히 잘 마주치지 않았다. 당신에게 중요한 것들은 내게 중요한 게 아니었고, 내게 중요한 것들은 당신에게 보잘것없는 것이었다.

버찌는 어른이 되자마자 엄마의 손아귀를 벗어났다. 엄마가 가르쳐 준 대로 살지 않았다. 더 이상 당신이 필요하다고 느끼지 않았기 때문이다. 당신이 뺨을 때려도 매를 들어도 우습게도 아프지 않았다. 그저 독한 눈과 찐득한 가시를 가지고 당신을 공격했다. 세상의 온갖 것들을 사랑하는 법을 배우면서도 당신의 사랑만큼은 철저히 외면했다. 나는 당신의 사랑이 얼마나 모자란지, 그래서 나는 얼마나 텅텅 빈 사람인지, 비참하고 불행한 인생인지를 자꾸만 당신에게 설명했다. 세상에 완벽한 엄마는 없다지만 당신만은 그러했어야 한다고 나무랐다. 당신의 가난과 거짓말, 나의 결핍, 세상의 실수를 오로지 당신의 탓으로 돌렸다. 시와 품 대신, 회초리와 모난 말만 기억해갔다. 버찌는 더는 버찌로 살고 싶지 않다고 했다. 나는 그것이 당신을 향한 작은 복수라고 생각했다. 이십 대 중턱의 어느 날, 나는 당신을 영원히 보고 싶지 않다고 했다. 모든 감정이 뭉쳐져, 나를 삼켰기 때문이었다. 당신은 몇 번이고 나를 찾아와서 온몸으로 외로움을 표했다. 나는 당신의 얼굴을 보는 것도 힘들었기에, 계속해서 녹슨 문을 닫았다. 그렇게 버찌와 엄마에겐 몇 년의 공백이 생겼다. 우리는 긴 기간을 서로를 죽도록 미워하며, 서로를 열렬히 사랑하며, 애타게 그리워했다. 몇 번의 봄이 오갈 동안, 버찌 열매가 열리고 다시 잠기는 동안 그저 바라만 보면서, 그렇게 시간은 자연스럽게 흘러갔다.

빈 시간 속에서 나는 가끔 버찌이던 날들을 떠올렸다. 그 이름 속에는 유년 시절의 가여움과 서러움, 모든 시간으로부터의 애정과 처연함이 깃들어 있었다. 그리고 나는 종종 나이 든 당신을 떠올렸다. 그 속에서 어린 날 당신의 눈에 비친 버찌도 보았다. 당신은 언젠가부터 나를 버찌라고 부르지 않지만, 나는 당신의 눈에서 자꾸만 버찌가 보였다. 이름은 바람 새로 빠져나가지만, 아직도 당신의 눈엔 한참이나 깃들어 있었다.

눈 깜짝할 새에 나는 어른이 되었다. 시간이 지나서 할머니가 된 당신에게는 이제 시도 악도 당신도 없었다. 나이 든 눈망울 속에는 오로지 버찌만이 존재했다.

내가 이 세상에서 가장 아팠던 순간, 사랑하는 사람을 잃고 나도 잃었을 때, 당신은 바리바리 짐을 싸 서울로 올라왔다. 나를 보며 발을 동동 굴렀다. 정신이 없어서 당신의 동행을 거절할 틈이 없었다. 층고가 낮지만, 작은 마당이 있는 따뜻한 나의 집에서 당신과 살게 되었다. 함께하는 시간이 많아지며 나는 당신을 자주 관찰하게 된다. 당신의 흰머리를 보면서, 오래전 떠난 자신의 엄마를 찾는 당신을 보면서, 가끔 당신을 용서하다가 다시 미워하다가, 당신이 가엽다가, 미안하다가 당신을 사랑하기로 한다. 마음껏 사랑하기로 한다.

요즘의 나는 집을 들어서는 순간부터 버찌가 된다. 밥을 달라고 조르거나, 나는 누굴 닮아 예쁘냐고 묻거나, 배가 아프다고 말하거나 사랑해달라고 말한다. 한 끼라도 안 먹으면 내가 죽는 줄 아는 당신이 귀엽다. 하나도 안 예쁘다고 놀리는 당신의 놀림은 정겹다. 아프다고 말하면 발을 동동 구르는 당신이 가엽다. 나도 사랑한다고 대답하며 윙크를 하는 당신이 믿기지 않는다. 당시엔 자신도 아파서 이해하지 못했다며 이제사 미안하다고 말하는 당신이 고맙다.

이제 내 삶과 당신의 삶 곳곳에는 봄이 아니라도 버찌가 피어있다. 충만한 사랑이 있는 곳에서, 여전한 간섭을 겪으며.

나는 당신에게 말해주고 싶다. 걱정하지 말라는 말은 못 하겠지만, 걱정해도 괜찮다고. 내가 함께 들어줄 테니, 다시 같이 길을 걸어보자고. 이제야 당신의 삶을 이해해서 미안하다고. 당신이 그랬던 것처럼 나 역시 당신의 모든 모난 부분을 사랑할 것이라고. 엄마 덕에 이렇게 잘 클 수 있었다고.

어느 봄, 낮은 바람과 잘게 부는 잎사귀와 흔들리는 버찌 열매 사이로 당신의 얼굴이 자꾸만 맴돈다.

껍데기들에 관하여

≈≈≈

몸은 강제로 부과된다.

고통이 거하는 장소이자 쾌락을 공급하는 주체이자 존재의 근거인 몸은

진정한 정복을 이루어낸다.

몸은 길들인다. 어쩌면 몸에 산다는 것,

이것은 인간이라는 직업을 수행하러 나서는 수습생에게 부여된 과업이다.

– 알렉상드로 졸리앵 『인간이라는 직업』

나는 사람의 살을 만지는 것을 좋아한다. 친구의 팔뚝 언저리를 붙잡거나, 아이들의 불그스름한 볼에 손을 대거나, 노인의 늘어난 살들을 조물조물한다. 나는 그것들이 껍질이 아니라 껍데기라는 생각이 들었다. 연약한 살갗들이 아니라, 우리 몸을 감싸는 단단한 표피라는 생각이 들었다. 껍데기들은 내가 만져야만 비로소 살갗이 된다. 나는 그래서 사람을 만진다. 손끝에 느껴지는 각자의 체온들은, 각자를 설명한다.

오랜만에 목욕탕에 갔다. 개화기에 태어나 100년이 넘은 목욕탕이라는 말에, 목욕 바구니를 챙길 때부터 긴장했다. 내가 머무는 친구 어머니의 칼국수 집에서 2분도 안 걸린다. 우뚝 선 굴뚝은 존재 가치를 분명히 했으나, 허름하기 그지없는 입구에서 살짝 맥이 빠졌다. 6,000원을 내고 500원을 거슬러 받는다. 이런 곳은 늘 현금만 받는다. '여탕' 커다란 글자가 새겨 있는 문을 연다. 오래된 냄새가 났다. 오래된 것들에 대한 환상은, 습기 머금은 여름밤의 공기처럼 마음속에 존재하나, 이상하게 늘 아무것도 만질 수가 없었다. 옷을 벗어내고, 목욕탕 안으로 들어갔다. 냉탕과 온탕, 열탕만 존재하는 아주 작은 목욕탕이다. 나이 든 할머니 넷과 젊은 할머니 둘이 있다. 모두가 이곳을 자주 오는지 작은 목욕탕은 이야기들로 가득 차 있다. 노인들의 시선이 젊은 나를 향한다. 가슴팍에 새겨진 세 마리의 새와 골반에 있는 꽃에도 시선이 온다. 내 몸을 그들의 눈에 잠시 바친다. 시선을 뒤로하고 간단히 거품 칠을 한다. 탕에 들어가기 위해서이다. 머리는 담그지 않을 거라, 사물함을 닫는 꼬부랑 모양의 고리 열쇠로 머리칼을 묶었다. 온탕은 미지근했고, 열탕은 따뜻했다. 열탕으로 들어가 손을 헤집으며 물결을 살핀다. 탕 아래에 침잠 되어 있는 노인들의 죽은 살갗들이 일렁인다.

  나이 든 노인 하나와 젊은 노인이 열탕으로 왔다. 나이 든 노인의 인상이 참 곱다. 노인의 허리가 너무 굽어서, 열탕의 열기가 주름진 얼굴을 향해 훗훗하게 퍼져 노인이 뜨거울까 염려했으나 노인의 표정은 맑다. 노인은 나의 옆에 앉는다. 축 늘어진 눈꺼풀 안의 작고 반짝이는 눈이 내 몸을 탐한다. 나는 또 몸을 내어준다. 애정 어린 눈빛을 보낸다. 나이 든 노인과 젊은 노인은 내게 말을 건다. 스무 살은 먹었냐는 말에 스물여덟이나 되었다고 답하자 나이 든 노인이 자신은 백 살이 되려면 고작 다섯 해가 남았다고 답한다. 노인에게 그렇게 보이지 않는다고, 칠십이나 팔십으로 보았다고 하자, 노인은 열여덟 같은 웃음을 비춘다. 노인이 스물과 스물여덟을 구분하지 못하는 것처럼 나도 칠십과 구십오를 구분하지 못했다. 노인은 스물과 서른이 있었는지, 그게 너무 까

마득한 예전이라 기억도 안 난다고 했다. 노인은 자꾸만 스물을 떠올리는 듯, 얼굴이 풍경으로 차 있다.

노인의 살들은 너무 늘어져 금방이라도 목욕탕 바닥에 닿을 것 같았다. 자글자글한 주름들이 살갗 사이사이에 껴 있다. 매일 목욕을 하는지 그래도 결이 곱다. 노인은 내게 곱다는 말을 연발하면서 내 몸에 손을 댄다. 나는 노인의 기억에 없다는 스물을 떠올려 본다. 노인의 생기 없이 부드러운 손가락들이 살갗에 닿자, 노인은 다시 노인이 된다. 나는 이번에는 나이 든 손에 내 몸을 바친다. 노인은 내 젊음을 자꾸만 만진다. 문득 나도 나이가 들면, 젊은 살갗들을 만지고 싶어질까, 마치 아이의 볼을 만지고 싶은 것처럼 처음 보는 젊은 여성의 나체를 만지고 싶을까 하는 생각이 든다.

나이 든 노인보다 한참 더 나이 들어 보이는 다른 노인이 등이 굽은 채로 때를 밀고 있다. 나이 든 노인은 유난히 몸의 다른 곳보다 가는 내 팔목을 잡으며 목욕탕이 울리도록 말한다.

"저 할매처럼, 때를 너무 열심히 밀지 말어. 저 할매가 저렇게 삐쩍 곯은 게, 때를 너무 많이 밀어서 그래. 살을 자꾸만 문대고, 저래 세게 박박 문대니 저렇게 살이 저렇게 하나두 없어."

목욕탕 안의 모든 노인은 때를 미는 노인을 보며 웃고, 때를 미는 노인은 그럼에도 꿋꿋이 살을 박박 밀어낸다.

몸이 온온하게 데워지고, 내가 먼저 탕 밖으로 나오자 노인들도 탕 밖으로 나와 각자의 몸을 닦는다. 나는 아흔다섯 노인의 말을 잊고 등 굽은 할매처럼 온몸을 박박 민다. 내 살갗에 묻은 사념과 불안들을 벗기다, 모든 껍질이 사라지도록, 몸이 남아나지 않도록, 온몸을 한참 밀었다. 죽은 껍데기들은 머리카락이 엉켜있는 하수구 더미로 밀려 나갔다. 더 많은 노인이 껍데기들을 밀어내기 위해 욕탕 안으로 자꾸만 들어왔다.

어디에나 있고 어디에도 없는

　바라나시의 쿠미코 하우스에는 일본인 여행자들이 많이 산다. '여행한다'라고 보기에는 몇 달씩 한곳에 머무는 그들을 보면 '살아간다'라는 표현이 더 맞겠다. 짧게는 한 달, 길게는 왔다 갔다 하며 몇 년까지. 지저분하고 낡고 음습한 기운까지 도는 그곳은 이상하게도 수많은 장기여행자가 모여있다. 그중에서도 궁짱은 바라나시 쿠미코를 가장 오래 여행하던 여행자였다. 몇 년 전 인도여행에서 내가 떠난 며칠 후 도착했던 여행자가 궁짱이었다.

　나는 궁짱이 마음에 들지 않았다. 매일 같이 웃고, 온종일 춤을 추고, 기쁨의 함성을 외치고, 아무에게나 집적거리는 그의 모습이 너무 가벼워 보였다. 아침마다 방문을 두들겨 춤을 추거나, 지나치게 과한 인사를 전했다. 그를 보고 있으면, 꽃을 쫓는 얼룩진 나비 같다는 생각이 들었다. 나풀나풀하다 날아갈 것 같았다. 제풀에 지쳐 쓰러질 것 같았다.

저런 감정을 가진 사람들은 얇은 바람이 불어도 날아가거나 바스라질 거라고 생각했다. 기쁘지 않아도 웃는, 늘 들떠있던 그의 뒷모습에서 나를 보아서 그럴 수도 있다. 그런 사람들을 잘 안다.

바라나시를 떠나 나의 여행을 하다가 쿠미코 친구들과 다시 만나기로 한 고아에 도착했을 때, 나는 놀랄 수밖에 없었다. 가장 올 것 같았던 사람들은 없고, 가장 오지 않을 것 같았던 궁이 있었다. 궁짱은 뭐든 허투루 말하는 법이 없었다. 몸 곳곳이 피투성이인 채로, 쓸데없이 해맑게 인사하고 있었다. 아프다는 내색도 없었다. 오토바이 사고가 났다고 했다. 친구 하나가 궁짱의 다친 몸에 소독하고, 연고를 발라주자, 그는 울먹거리며 웃었다. 다시 만나서 행복하다고, 다정하다고, 고맙다고. 그는 우리에게 연신 말했다.

우리 여섯은 커다란 집과 방 하나를 빌렸다. 낡은 집이었지만, 조리시설이 있어서 경비를 줄일 수 있다는 당위가 있어서였다.

낡은 집의 아침이 밝았다. 그의 생일이었다. 조촐하게 파티를 준비했다. 준비한 건 근처의 빵집에서 사 온 버터크림의 싸구려 맛이 강한 초라한 케이크 하나와 근처 바닷가의 노을이 오는 시간뿐이었다. 다행스럽게도, 케이크가 궁짱의 마음에 쏙 들었는지, 그날의 노을이 지나치게 아름다웠던 탓인지 궁짱은 계속해서 울먹거렸다. 그곳에서 그는 울면서 웃고 있었다.

"이런 감정은, 이런 마음은 처음이야."

그의 말들이 계속해서 나를 떠돌았다.
그는 언제 배워왔는지 한국어로 우리에게 말했다.

"행복해, 행복해, 나 진차 행복해."

다시 만나게 된 궁짱에게서 나는 처음과는 다른 느낌을 받았다. 궁짱은 뭐든지 대충 넘기는 법이 없었다. 청소할 때도, 요리할 때도, 심지어는 장난을 칠 때도 열과 성을 다했다. 아침에 일어나면 밝게 인사를 하거나 없을 때도 많았는데, 그가 유난히 친구들을 잘 사귀는 탓에 밖으로 자꾸 돌아다녀서다. 그럼에도 매일 아침 낡은 집의 바닥이 유난히 매끈거렸다. 누가 청소했냐고 물으면 아무도 답하지 않았고, 그 자리에 없던 사람은 궁짱뿐이었다. 의외라고 생각했다.
물건을 살 때도, 그는 한참이나 구경을 했다. 아주 오래 고민한 후에도, 그는 무엇이든지 사지 못했다. 슈퍼에 갈 때는 매번 오가닉 코너에 머물렀는데, 오가닉 코코넛 오일을 사고도 모자라서 오가닉 슈가까지 사려는 모습에 나는 그를 오가닉 보이라고 놀려댔다. 요리할 때도 마찬가지였다. 신선한 채소들을 야채 시장에서 사와, 오랜 시간 공을 들인 요리를 우리에게 전했다. 너무 맛있다고 외치면, 그는 다시 말했다.

"행복해, 나 진차 행복해."

그는 이름마저도 허투루 부르는 법이 없었다. 여행할 때 일본 친구들은 나를 '신짱'이라고 부른다. 발음도 발음이지만, 내 이름 '시내'는 일본어로 '죽어버려'라는 나쁜 뜻을 가지고 있기 때문이었다. 그러나 궁짱은 늘 내게 시.내.짱, 또박또박 내 이름을 불렀다. 신짱이라고 불러도 된다고 그에게 몇 번이나 거듭 말했지만 그래도 내 이름을 꼿꼿이 불렀다.

어느 밤에 내게 말했다. 시내를 영어로 쓰면 'SHINE'이라고, 반짝반짝 빛나는 이름이라고. 그러니 자신은 빛을 떠올리면서 내 이름을 부른다고 말했다. 계속해서 내 이름을 부를 거라고 했다.

궁짱은 자신의 얘기를 잘 하지 않았다. 그가 내게 말을 하여 내가 아는 것은, 그가 3년째 떠돌고 있다는 것과 명상을 좋아하는 것. 모든 신에게 관심이 많은 것과 일본에서 역시 집이 없었다는 것. 그 정도뿐이었다. 어떤 삶을 살아왔는지, 어떤 이들과 친구인지 도무지 이야기하는 법이 없었다.

궁짱은 계속해서 사라졌다. 같이 있으면서도, 몇 시간씩, 길면 종일 안 보일 때가 많았다. 궁짱이 어디 갔냐고, 어느새 내게 익숙해진 그가 보고 싶다고 느껴질 때면 신기하게도 어디선가 나타났다. 그래서 우리는 늘 궁에게 이런 말을 했다.

"Ghung is nowhere, but everywhere."

언제 사라져도 이상하지 않을 존재처럼, 그는 우리 곁에 안개처럼 존재하고 있었다.

궁짱은 내가 당신이 필요한 순간마다, 신기하게도 항상 내 옆에 있었다. 바닥에서 허우적거리는 내가 옆을 봤을 때, 정신을 차려보면 항상 그가 있었다. 귀에 들리지 않는 갖가지 아름다운 이야기들을 건넸다. 그냥 사람이 필요하다는 내 말에, 그냥 옆에 있겠다고 했다. 오토바이를 타고 갑자기 등장하거나, 바닷가에서 눈물을 훔치는 내 옆에 가만히 다가와 앉거나, 그는 그런 식이었다. 이상한 감정들이 나를 바다로 보내려 할 때면 그는 나를 오토바이 뒤에 태우고, 그처럼 정처 없이 달렸다. 바람결을 맞으며 궁은, 말없이 계속해서 달렸다.

궁짱을 제외한 나머지 사람들이 차근차근 서로를 사랑할 동안, 궁짱은 등장하지 않았다. 어디론가 자꾸만 사라졌다. 그럼에도 집의 바닥은 언제나 반짝반짝 빛났고, 이름을 부르면 어디선가 등장했다. 그리고 또 금세 사라졌다.

태국으로 떠나기 전 어느 밤, 왠지 그가 다시는 못 만날 사람처럼 느껴졌다. 연락하면 없는 번호일 것 같은, 세상의 누구도 그를 기억하지 않을 것 같은, 꼭 그런 기분이 들었다. 그 어느 밤의 해변에서, 그는 또 그렁그렁한 눈과 지나치게 맑은 미소를 머금은 채 조용히 말했다. 바다가 일렁이는데, 바다보다 궁의 눈이 더 일렁였다. 생에 이런 감정들은 처음이었다고, 오래도록 가족 같은 감정을 느껴본 적이 없었다고, 고아 패밀리라는 우리의 말들이 더는 어색하지 않다고, 그럼에도, 이상하다고. 감정들은 무서운 거라고. 말을 하는 동안에도 정처 없는 감정들이 그의 곁을 감쌌다. 궁짱을 지나쳐 왔을 수많은 나쁜 사람들과 수많은 바람을 떠올렸다.

그렇게 바람처럼 궁짱은 또 사라졌다. 쿠미코로 돌아간 궁짱이 이상

해졌다는 소문이 들렸다. 모두가 궁짱을 싫어한다고 했다. 그리고 마침내 그는 어떤 소식도 전하지 않았고, 어떤 소식도 전해지지 않았다.

나는 도무지 믿을 수가 없었다. 매일 아침 바닥을 청소하고, 매일 우리에게 무얼 해줄지 고민하는 당신을 기억하는데 말이다. 행복함과 아픔은 동시에 공존하는 것이라는 것을 알려준 당신인데 말이다.

아직도 고아에서의 시간이 신기루처럼 떠돈다. 문득문득 떠오르는 당신의 기억들이 마음을 스친다. 당신은 어디에 있을까, 여전히 존재하고 있을까. 혹은 존재하지 않을까. 내가 다시 이름을 불러주면, 눈을 감았다가 다시 뜨면, 파도 소리에 발걸음 소리를 못 들은 채로 있다가 옆을 보면 당신이 있을까. 코코넛 오일 향이 내 코를 만질까. 아침에 눈을 떴는데, 모든 것들이 깨끗해져 있을까. 내 이름을 다정히 부르는 목소리를 잊지 않겠노라고, 당신이 편히 다녀갈 공간을 내 마음 안에나마 만들어 본다.

자정의 남자

아주 어린 시절의 기억으로 되돌아가면, 가장 커다랗게 생각나는 것은 엄마에 대한 그리움이다. 현관문 앞에서 오지 않는 엄마를 한참 기다리던 지독하게 긴 시간이 떠오른다. 물론, 딱히 대단한 이유로 비롯된 그리움이 아니라 두 시간 정도의 그리움이다. 엄마는 내가 태어나기 전부터 집에서 공부방을 운영했는데, 혼자 아이를 키우며 살림을 하기에는 엄마가 할 수 있는 최선의 선택이었을 것이다. 나와 엄마가 당시 살던 곳은 시내 근처였지만, 공부방을 다니는 학생 중에는 읍이나 면에 사는, 특히나 가로등 하나 없는 논밭 근처에 사는 학생들도 몇몇 있었으므로 엄마는 수업이 끝나고 학생들을 일일이 데려다주었다.

운이 좋으면 일찍 잠든 나를 두고 갔지만, 어린 날의 나는 도통 빨리 잠들지를 않았다. 혹은 잠에서 깨어나 엄마를 부르다 아직 오지 않았음을 알아채고 한참이나 엄마를 기다렸다. 매번 나를 데려가면 좋았겠지만, 내가 엄마의 차에 타는 날은 멀리 사는 언니 오빠 중 한두 명이 수업을 빠지지 않는 이상 거의 없었다. 나는 대부분의 날을 현관문 앞에 앉아 엄마를 한참이나 그리워했다. 그 시절의 아이들이 그렇듯 나 역시 상상력이 뛰어난 아이였다. 기다림 속에서 나는 엄마가 운전하다 사고가 나거나 매일 떼를 쓰는 내가 미워 영영 돌아오지 않는 상상을 했다. 혹은 괴한이 엄마를 잡아간다거나, 갑자기 해일이나 지진 같은 천재지변이 일어나 엄마랑 내가 서로를 찾지 못하리라는 걱정도 들었다. 더군다나 엄마가 교통사고를 당해 입원한 전력이 있었으므로, 나는 엄마를 잃는 것이 두려웠다. 두려움과 별개로 나는 사고 낸 부부가 내게 준 과자 꾸러미에 감동해 엄마에게 그들은 착한 사람이니 용서해줘야 한다는 고집을 피우기도 했다.

실제로 그런 일은 벌어지지 않았지만, 기다림의 시간은 지독하게 길었다. 예닐곱 살에게 두 시간은 혹독했다. 엄마는 자정이 되어서야 도착했다. 내가 아는 가장 늦은 시간은 열두 시였으니까 그것도 사실이 아닐 수 있다. 시계를 읽지 못했기에 알 수가 없다.

내가 매일 밤 가장 무서워했던 순간은 잠에서 깨어나 엄마가 집에 없는 걸 알아차렸을 때다. 나는 그럴 때면 대책 없이 눈물부터 흘러나왔다. 아무도 들어주는 사람이 없지만, 나는 소리 내어 엉엉 울었다. 그러다 지쳐서 내 울음을 들어주고 달래줄 누군가를 찾아 나는 밖으로 나왔다. 밖으로 나와 내가 찾아간 곳은 고작 아파트 경비실이었다. 그곳에는 머리도 하얗고 수염도 하얀 할아버지가 있었다. 울음을 머금고 그곳에 들어가면 할아버지는 내게 늘 의자 한편을 내주었다. 할아버지는 노래를 불러주기도, 어디서 들어본 듯한 전래동화를 들려주기도, 사탕 바구니에서 사탕을 꺼내주기도 했다. 오물오물 사탕을 녹여 먹으면 시간이 잘 갔다. 단지 내로 들어오는 차의 엔진 소리가 들릴 때마다 우리 둘은 바깥을 바라보았다. 할아버지랑 있으면 나의 울음은 아주 쉽게 멎었는데, 경비실에서 나는 할아버지의 꿉꿉한 냄새와 당신의 탄력 없이 죽 늘어진 살갗을 조물조물하는 행위, 내 이야기를 잠자코 들어주며 종종 고개를 끄덕이는 당신이 이유였다. 나이 든 목소리가 밤의 기운과 맞물려 탁하게 갈라질 때쯤이면 엄마가 도착했다. 엄마는 당황스러운 얼굴로 머리를 연신 조아리며 나를 집으로 데려갔다. 나는 뒤도 돌아보지 않고 엄마에게 폭 안기었다. 할아버지는 나를 좋아하는 게 분명한데, 자꾸만 경비실로 못 가게 하는 엄마가 이해되지 않았다.

엄마를 기다리던 몇 년의 밤 동안 교통사고도, 천재지변도, 악당이 엄마를 잡아가는 일도 물론 일어나지 않았다.

나는 더 크고 나서는 경비실을 찾지 않았다. 할아버지가 멀리서 보이면 더 먼 길로 돌아갔다. 조금 더 어린 날의 내가 엄마가 보고 싶어서 엉엉 울던 것이 부끄럽기 때문이었는데, 할아버지의 얼굴을 마주할 때면 씩씩한 어린이가 아닌 울보 꼬마가 된 기분이 되어서였다. 엄마 젖이나 조물락거리는 어린아이인 걸 할아버지만은 알아챈 듯했다. 그 이후로 어린 날의 경비실에 대한 기억은 없다. 중요하지 않은 어린 날의 기억들은 자연스레 잊히기 마련이다.

나이가 더 들고, 내가 어른이 되어서 다시 그 집을 찾았을 때, 나는 내가 다니던 초등학교와 내가 놀던 공원, 놀이터에 갔다가 대뜸 경비실을 찾아갔다. 당연히 할아버지가 없을 거란 생각과 나는 할아버지의 얼굴도 모른다는 것이 떠올랐다. 흰 수염과 희고 풍성한 머리, 구부정한 자세와 말의 온도밖에 기억나지 않았다. 나는 혹시라도 남아 있을 할아버지의 쿰쿰한 냄새를 찾기 위해 코와 눈을 뒤적거렸으나 어디에도 보이지 않았다.

나는 당신이 있던 자리에 멍하니 서서, 나의 작은 뒷모습을 바라본다. 달려오는 나의 우는 얼굴을 바라본다. 나를 달래기 위한 수많은 이야기를 떠올린다. 야윈 등의 떨림이 멎는 것을 기다린다. 허리춤에서 올려다보는 낮은 시선과 동그란 정수리를 본다. 책가방을 멘 뒷모습을 본다. 세월에 쓸린 살결을 만지던 조그마한 손을 떠올린다. 친구들과 깔깔거리다 눈이 마주치자 슬그머니 도망치는 작은 소녀를 본다. 한참을 기다려도 더는 오지 않는 꼬마를 기다린다. 준비한 이야기와 노래가 무색해진다.

밤은 유난히 길고, 나는 눈물 없이 울고 있었다.

나는 다시 눈을 감는다.

당신에게로 달려간다. 당신의 얼굴을 보자마자 눈 녹듯 사라지는 내 모든 불안에 작별 인사를 고한다. 당신을 위해 따온, 이미 이파리가 떨어진 들꽃 한 송이를 건넨다. 맑게 피어오른 당신의 미소를 보고 나는 함께 웃는다. 밤은 꽃과 함께 쉬이 낮이 된다. 굽은 등의 당신에게 안긴다. 당신이 준 사탕과 온기와 노래와 고운 위로 덕에 잘 자라왔노라고 비로소 전한다. 탁한 목소리가 길고 외로운 공간에 울려 퍼진다. 당신의 얼굴이 요원하게나마 느껴진다.

바보 같은 아난

    인도 콜카타 여행자거리 서더스트릿에는 아난이 살고 있다. 아난은 열세 살이기도 하고, 서른 살이기도 하고 가끔은 스무 살일 때도 있다. 그는 매번 말을 바꿔서 아직도 제대로 된 나이를 정확히 알지는 못한다. 그래도 서더스트릿에 꽤 오래 머문 여행자라면 얼굴을 보면 누구나 알 만한 사람일 거다. 아난과 내가 처음 본 날은 내가 24살에서 25살로 넘어가던 1월 1일이었다. 나는 그날이 정확하게 기억이 난다.

    아난을 처음 본 건 이스라엘에서 온 여행자 사기 덕분이었다. 사기는 나와 그다지 친한 친구는 아니었다. 군이 설명을 한다면 자주 가는 단골 노점 식당에서 같은 시간에 밥을 먹는, 간단하게 오늘의 행복을 빌어주는 정도였다.

    사기와 식사 시간이 두 번째로 겹친 날, 나는 아난을 만났다. 천 원 안짝의 짝퉁 한식을 먹으며 여행을 이야기했다. 어느 도시를 갈 건지,

콜카타의 소음들과 사기 치는 인도인들에 대한 투정, 물론 그의 이름이기도 한 사기가 우리나라에선 무슨 뜻인지 설명도 해줬을 참이었다.

밥을 다 먹어가던 찰나, 사기는 라이브 공연을 볼 수 있는 콜카타의 유명한 카페에 가자고 말했다. 마침 딱히 일정이 없던 나는 사기를 따라나섰다. 릭샤를 잡기 전 그는 거리에서 누군가를 찾는 듯했다. 사기가 콜카타의 사람들에게 몇 번 물으니 금세 그 누군가를 찾을 수 있었고, 그가 바로 아난이었다. 아난을 처음 봤을 때 놀라지 않은 건 아니었다. 어딜 가도 작은 것으로는 뒤지지 않는 나보다 키도 한참이나 작고, 지나치게 가는 팔과 다리, 주먹만 한 얼굴이 인상 깊었다.

그는 이유도 없이 계속 나를 보고 웃었다. 웃는 입 틈새로 세모나게 닳아 있는 거뭇거뭇한 이빨들이 보였다. 머리에는 정말 한 달은 족히 안 감은 것 같은 기름기, 얼굴에는 길에 사는 사람들 특유의 거뭇한 먼지 때가 묻어 있었지만, 미소만큼은 세상의 악이라고는 깃털만큼도 모르는 듯 맑았다. 열 살처럼 보이기도, 서른 살처럼 보이기도 했다. 본 적 없는 부조화였다.

이미 인도를 한 바퀴 돌고 온 여행자 사기는 캘커타의 젊은이들 사이에서 가장 유행한다는 카페로 향했다. 릭샤는 아주 작았지만, 아난과 내가 워낙 작은 탓인지 좁지는 않았다.

아난은 초코케이크를 먹었다. 내게는 한 입 먹으니 물리는 지나친 단맛이었지만, 아난은 입이 귀에 걸렸다. 영어를 잘하지 못하는 듯했다. 아주 간단한 단어밖에 몰랐다. 대부분은 내가 질문을 하고, 아난은 모른다는 듯 고개를 짓거나 동의를 한다는 듯 웃었다. 그렇게 나와 아난은 서로를 인식해 갔다.

대체 어디 사는 건지, 거리를 걷고 있다 문득 옆을 보면 어느새 아난은 나와 함께 걷고 있었다. 노점에서도 매일 아침이면 보이기 시작했고, 혼자 극장에 간 날도 아난은 나를 극장까지 데려다줬다. 해가 지고 숙소로 돌아가는 길도 함께였다 저녁에 노점상에서 야식을 먹을 때면, 아난도 늘 내 옆자리에 앉았는데, 아난은 매일 초우맨을 먹었다. 반쯤 먹고 남은 걸 포장해가는 날도 있었다. 내가 아난의 음식을 맛볼 때는 양심껏 딱 한입만 먹었는데, 아난이 내 음식을 맛볼 때는 몇 숟갈이고 눈치 보지 않고 먹었다. 초우맨은 주로 내가 사줬지만, 짜이는 아난이 사주었다. 어쩌면 매일 이곳에 있었지만, 그저 내가 보지 못했던 것이라는 생각이 들었다.

아난은 지나가는 여행자 모두에게 인사를 건넸지만, 대부분은 무시하기 일쑤였다. 아난과 길을 걸으면 동네 사람들은 아난에게 무어라 외쳤고, 그게 좋은 말은 아닌 것 같았다. 내가 보지 않을 때면 내가 가던 짜이 가게 사람들은 아난에게 때리는 시늉을 했는데, 그럴 때면 나는 그들을 때리는 시늉을 했다. 그러면 그 사람들은 웃었고, 아난은 눈치도 없이 따라 웃었다.

바보 같아서 미웠다. 뭐라고 소리라도 좀 치지, 아니면 웃지라도 말지. 나는 아난에게 매번 무어라 했지만, 그럼에도 불구하고 아난은 그 바보 같은 미소만 지었다. 답답할 만큼 착한 사람인지 아니면 진짜 바보인지 매번 헷갈렸다. 다른 도시로 떠나는 날도 나를 쫓아오려 하기에, 왠지 짜증을 냈다. 바보야, 나 이제 가잖아. 이제 어차피 못 보잖아. 당하지 말고 살아. 많은 말들이 입에 고였지만 또 바보 같이 웃는 아난의 얼굴을 보니, 목에 걸린 말이 다시 아래로 내려갔다.

*

한국으로 돌아와 한참이 지나고 어느 술자리에서 친구 수현과 인도 이야기를 하다 문득 휴대폰에 있던 아난의 웃는 동영상을 보았는데, 수현이 아는 체를 했다.

"어, 얘. 나 맨날 마더 테레사 하우스 봉사 끝나고 숙소 데려다준 애야."

너무 놀랐지만, 넓고도 좁은 인도에서 그럴만한 일이라고 생각했다. 수현도 나도 아난에 대해서 별로 아는 게 없었다. 다만 그 이후로, 아난이 문득문득 생각났다. 그 바보같이 맑은 미소가 생각났다. 사람들한테 치일 때, 나에 관한 의심이 생길 때, 덧없는 인생을 살아가는 기분이 들 때, 아니면 그냥 인도가 그리울 때, 뭐가 그렇게 행복한지 나한테 매번 웃어주던 아난이 생각났다. 풀린 니트의 실오라기가 눈에 띌 때만큼 그렇게 적은 횟수로, 적은 양으로 아난은 내 기억 속에 살아갔다.

또 몇 년이 지나고, 친구들과 인도 여행을 떠나왔다. 우리 셋은 모두가 각자의 아난을 기억하고 있었다. 노숙 후 이른 새벽 공항 밖을 나오자마자 서더스트릿으로 향했다. 인도 여행의 시작은 보통 이곳에서 시작된다. 그리고 그곳에서 우리는 아난을 정말 쉽게 발견할 수 있었다.

"아난!"

나는 아난을 무작정 껴안았다.
나는 공항에서 밤을 지샌 탓에 꼬질꼬질했고, 아난 역시 꼬질꼬질한 복장으로 나를 반겼다. 꼬질이 둘은 조용한 서더스트릿의 아침에서 호들갑을 떨었다.

"오, 아난 머리 잘랐는데, 멋져졌다. 머리 또 안 감았네, 기름기를 왜 왁스처럼 넘기는 거야."

아난은 내 모든 수다에 고개를 끄덕이며 또 세상에 더 없을 듯한 미소를 지었다.

콜카타의 짧은 3일 동안 아난은 꾸준히 나와 친구들을 쫓아다녔다.

나는 그 전의 여행과 다르게 아난과 어깨동무를 하거나, 뒤에서 그를 깜짝 놀래키거나, 아난의 기름진 머리를 만지며 놀렸다. 낡은 소매 죽지를 끌어당길 때도 있었다. 내가 만지거나 놀릴 때면 아난은 또 바보처럼 웃고는 했다.

아난은 가끔씩 아팠다. 웃다가도 배가 아픈 시늉을 했다. 약국에 갔지만 약사는 아난을 거절했다. 화가 나면서도, 화를 내는 것 말고는 방법이 없었다. 병원은 못 간다고 했다. 나는 인도를 잘 몰랐다. 어디가 아픈 건지, 얼마나 아픈 건지 궁금했지만, 알 수 없었다. 아난은 종종 이렇게 아팠다고 했지만, 한편으로는 의심도 들었다. 서더스트릿에 사는 사람들은 비슷한 사기를 치고는 하는데, 우유를 사달라고 해서 분유를 사주면 되팔 때도 있고, 돈 말고 음식을 주면 땅에 버리는 사람도 있고, 이런저런 이유로 돈이 필요하다는 사람들이 많았다. 아난도 가짜로 배가 아플 거라는 생각이 들었다.

친구들 몰래 혹시 돈이 필요한 거냐고 아난에게 물어봤다. 아난은 지갑을 보여줬는데, 지갑 안에는 1루피짜리 지폐가 수십 장 들어있었다. 자랑스럽게 나를 쳐다봤다. 바보 같은 아난. 그건 서른 장이 있어도, 천 원도 안 되는 돈인데.

바보 같은 아난. 멋있지도 않은데 온갖 멋있는 척을 다하는 아난, 본인도 못 지키면서 자꾸 나를 지켜주려는 아난. 구박받는 아난. 매일 추워하는 아난, 돈 없는 아난, 길에 사는 아난. 가위바위보를 할 때 묵만 내는 아난, 자꾸 귀찮게 따라오는 아난.

얄미운 아난.

웃음으로 모든 걸 해결하려는 아난.

언제나 서더스트릿의 길 위에 있는 아난.

나에게 깃털 같은 미소를 보여주는 아난.

몇 년간 이름도 잘 모르는 여자애를 기억해준 아난.

내가 좋아하는 아난. 주름이 쪼글쪼글한 손을 가진 아난. 가슴팍의

십자가 목걸이를 소중히 품고 있는 아난. 초우맨을 좋아하는 아난.

영원히 당신을 웃음소리로 기억할 수 있을 만큼 특별한 소리로 웃는 아난.

*

또 한참을 너를 잊고 살았다.

이번 여행이 끝나고 처음으로 너를 떠올렸을 만큼 여전히 너는 나에게 실오라기 같은 존재로 남아 있다. 이번 여행에서 평생 마음을 나눌 만한 소중한 친구들을 만났고, 그래서 너는 더더욱 기억되지 않았다. 아니, 사실 나는 너를 친구라고 생각하지 않는다.

우리는 깊은 대화를 할 수 없고, 너는 나랑 너무도 다른 사람이라고 생각해왔다. 그저 아난은 그 길 위에 항상 있는, 바보 같은 웃음을 가진 행복한 사람일 뿐이었다. 정말 솔직히 말하자면 내가 좀 더 나은 삶을 사는 사람이라고 생각해서 그런 걸 수도 있다. 이렇게 나는 네 생각보다 훨씬 더 계산적인 못된 사람이다.

너의 기억 속에는 내가 얼마큼의 부분으로 남아 있는지 모르겠다. 나와 함께 걸을 때의 밝은 모습, 내가 너를 볼 때 나를 향해 짓는 너의 미소와 나를 보고 달려오는 네 눈망울의 무게를 나는 오늘에서야 제대로 떠올린다. 관계의 무게는 여행자에게 가장 쉽게 도망칠 수 있는 약점이지만, 그럼에도 너와 나의 사이를 마주해본다.

　문득, 며칠 전 친구와 술김에 나눈 대화가 떠오른다. 나는 나한테 필요한 사람만 친구로 여긴다고 말을 했다. 보이고 싶지 않은 마음의 내막이지만, 나는 이런 나의 모습을 너무 잘 알고 있다. 나한테 있는 수많은 친구들을 곰곰이, 하나하나 떠올려 본다. 똑똑해서 배울 점이 많은 친구, 나와 다른 화려한 삶에 가끔 나를 초대해 주는 친구, 뒤에서 늘 나를 몰래 챙겨주는 친구, 예뻐서 보기만 해도 기분이 좋아지는 친구, 늘 좋은 방향으로 나를 이끌어주는 친구, 구렁텅이를 함께 헤쳐나간 친구, 아픔을 들어주는 친구. 모두 내게 필요한 사람이다. 이런 생각이 이기적이라는 걸 나도 안다. 누가 나와의 관계를 이렇게 생각하면 나 역시 끔찍하게 느껴질 수도 있겠다. 하지만, 상처투성이의 내 세상에서 존재만으로서 마냥 좋기만 한 사람은 없었다. 이런 내 간사한 마음을 그 누구도, 당신조차 몰랐으면 했다.

　그러나, 그러기에 어쩌면 너는 나의 친구가 아닐까도 생각해본다. 사실 내게는 네가 필요하다. 종종, 너의 속없는 미소가 사무치게 필요하다. 조건 없는 마음을 찾을 수 없는 세상에서 나는 이렇게 가끔씩 너를 떠올렸다. 그렇게 너를 생각하면 나는 나아졌다. 나는 네가 나의 친구가 아니라고 했지만, 여전히 너는 내게 필요한 사람이다.

아마도 우리의 사이는 친구와 그 무언가의 경계 사이에서 찾을 수 있을 것이다. 아주 작은 크기로.

그럼에도, 네가 필요한 나이기에. 네가 조금만 더 행복해주길 빌면서. 그래서 다시 그 자리에서 목적 없는 웃음을 지어주길 바라면서.

손바닥과 손바닥 사이에는

엄마가 황급히 나를 불렀다. 엄마가 황급히 나를 부를 때는 주로 중요하지 않은 이야기를 할 때다. 목포에 출장을 갈 때마다 내가 사 오는 크림치즈 빵이 너무 먹고 싶다거나, 누군가가 엄마가 만든 작은 정원을 칭찬했거나 책을 읽다 만난 구절에서 자신을 만났다거나(최근에는 양희은의 책을 읽고 '한데 나는 예전 같지 않게 아둔하고 느릿느릿하게, 찬란한 정점과는 다른 어떤 지점을 향하고 있다. 마치 가을 단풍이 든 것 같다.'라는 부분을 내게 보내왔다). 나는 대체로 대답하지 않는 편인데, 그래도 내가 듣고 있는 걸 아는 엄마는 꿋꿋하게 끝까지 말한다.

"갸하고 싸울 때나 토라질 때 있나? 내가 해결 방법 갈챠주까?"

대단한 걸 알아챈 양 말하는 엄마가 귀엽기도 하고, 들어나 보자 싶어서 나는 잠시 하던 일을 멈추고 귀를 기울인다. 엄마의 요즘 주된 관심사는 내 연애인데, 그녀의 말에 의하면 나는 이 연애의 이전까지는 아주 진짜로 푹 빠져서 뜨겁고 불타오르고 헤어지면 죽을 것 같은 사랑은 아니었다는 거였다. 어느 정도 동의를 했지만, 괜히 억울한 마음에 매번 아니 진짜 사랑했다고 대답하지만, 엄마는 특유의 모든 걸 다 안다는 표정으로 웃음만 짓는다. 엄마는 내가 이번 연애가 끝나면 진짜 죽을까 봐 걱정했다. 그렇게 사랑하다가는 진짜로 아프다고 조금만 덜 사랑하라 했다. 또, 그러다 마음이 바뀌면 매일 나를 위해서가 아닌 훈을 위해서 기도한다고 말하기도 하지만 말이다. 걔를 안전하고 소중하게 대하는 법 같은 것들을 가르쳤다. 몇 가지는 나도 아는 거였고, 몇 가지는 이게 도움이 될까라는 생각이 들 정도로 작은 것들이었다.

"안 싸우는데."

무뚝뚝한 딸은 역시나 성의 없이 답한다. 엄마는 다음 이야기를 하지 않으면 못 참는 사람이라 어차피 다음 이야기를 바로 꺼낼 것이다.

사실 엄마에겐 비밀이지만 종종, 그와 싸움이라고 하기엔 썩 다정하고 대화라고 하기엔 밀도 높은, 토론에 가까운 무언가를 한다. 우리의 첫 만남에서는 우리는 밤새 성매매 합법화에 관한 토론을 했고, 결국 그는 백기를 들었다. 사랑에 관해 이야기할 때는 둘 중 하나는 끝내 울어버리고 말지만, 언성이 높아지는 법도, 서로 이기기 위한 것도 아니기에 그 행위는 싸움이 아니다. 그저 우리는 우리의 사랑이 더 안전해질 방법을 찾을 뿐이었다.

 "싸울 때는 말이다. 니가 이케 성깔을 부리면 안 되고 어렸을 때 엄마랑 했던 거 알지. 손 딱 잡고 세 번 꼭 꼭 꼭 잡고, 마음속으로 사 랑 해 라고 외치면 돼. 그거 지금도 연습해야 해. 그럼 싸우지 않아. 박자를 꼭 맞춰야 해."

손바닥과 손바닥이 맞닿게, 손가락과 손가락이 겹쳐져 서로의 손을 박자에 맞춰서 안는 행위 유년 시절의 나와 엄마가 하는 우리 둘의 비밀 통신 같은 거였다. 인파가 북적이는 곳에서도, 목욕탕의 물 아래에서도, 작별인사에서도 우리는 서로를 향한 사랑을 몰래 속삭였다. 말 없이도 우리는 서로가 무슨 말을 하는지 알았다. 어쩌면 당신이 가장 화를 내야 하는 순간에 내가 눈을 꼭 감으면 언제나 그랬듯 내 손바닥을 꼭 붙잡았다.

세 번의 꼭꼭꼭으로는 사랑해, 미안해, 고마워가 있었고 다섯 번의 꼭꼭꼭으로는 사랑합니다. 정말 사랑해. 일곱 번의 꼭꼭꼭으로는 너무 너무 사랑해. 그리고 아주 많이 사랑해가 있었다. 나는 가끔씩 엄마의 손을 세게 주무르며 "아주 많이 진짜 캡숑 짱 사랑합니다" 따위의 열 번이 훌쩍 넘는 꼭꼭꼭을 하고 엄마는 스무고개처럼 내가 무슨 말을 전한 건지 맞추었다. 엄마는 늘 다섯 질문이 넘어가기 전에 내 마음을 알아챘다.

엄마는 내가 미웠을 때, 목 끝까지 차오르는 화를 삼키려 내 손을 꽉 잡았을까. 아니면 내 모습이 불쌍해서 내 손을 꽉 잡았을까. 내 뒷모습은 유난히 작았고, 엄마는 늘 내 뒷모습을 가여워했다. 조그마한 게, 혼자서, 뭘 한다고, 자기는 남편도 없으면서 아빠가 없다고 자꾸만 걱정했다.

나를 너무 걱정한다기에는 엄마는 세상을 살아가기에 온통 쓸데없는 법만 가르쳤다. 하지 말아야 할 것을 하지 말라고 말하는 법도 없었다. 나는 엄마로부터 학교를 빼먹는 법과 잡초로 풀 싸움을 하는 법(잡초를 뜯고 잘린 줄기에서 나오는 액을 가지고 다투는 엄마가 고안한 놀이이다), 어른들에게 고민 없이 질문하는 법(오르가슴이 뭐냐고 7살 때 물어본 애는 나밖에 없을 거다. 질문의 한계가 없던 삶이었다)을 배웠다.

억울한 일을 당했을 때 화를 내는 법, 돈을 버는 방법, 번 돈을 관리하는 법, 사람에게 속지 않는 법같이 중요한 것은 하나도 알려주지 않았다. 세상 사람들 보란 듯이 온 마음에 순수를 전시하는 당신은 대신 세상의 모든 것을 사랑하는 법을 가르쳤다.

오지랖 또한 끝내주게 뛰어나서 지나가는 외국인만 보면 엄마는 그 사람이 도움이 필요한지 아닌지도 모르면서 자꾸만 도와주라고 나를 부추기기도 했다. 나는 서울에 살며 서울을 오가는 수십 명의 외국인에게 말을 붙이게 되었고, 프랑스인과 네덜란드인 베트남인과 인도네시아인 일본인까지 국적 불문 수많은 이방인들이 우리 집에 발을 들였다. 옥탑방에 살던 시절에는 음식을 잔뜩 시켜 주인집 할머니와 나누어 먹었는데, 나중에 엄마도 그것들을 가지고 내려가는 것을 보면서 결국 나는 당신을 닮아 있구나, 큰 탄식을 했다. 결국 나 역시 지나가는 할아버지와 시든 꽃마저도 사랑해버리고 마는 인간이었다. 엄마처럼.

나는 여전히 배운 게 많이 없어서 그래서 삶을 사는 데 서툴러서, 모아놓은 돈도, 억울한 일을 피하는 법도 몰라 남들이 보기에 멋진 어른이 아닐지는 모른다. 나는, 당신이 그랬던 것처럼 '사랑'이라는 단어를 여전히 귀중하게 간직한다. 때로는, 아주 쉬이 그것을 내어준다. 모든 강하고 여리고 야윈 것들을 안아본다. 시든 꽃은 다시 피지 않지만, 작은 꼬마와 나이 든 노인은 여전히 생생한 온도로 내 손을 잡는다.

싸우지 않은 어느 날 나는 애인의 손을 꼭꼭꼭 잡는다. 애인은 익숙한 듯 내 손을 꽉꽉꽉 누르며 화답한다. 손을 꼭꼭꼭 잡을 때마다 사랑은 자꾸만 커진다. 말없이도 사랑을 전한다. 말없이도 사랑을 받는다. 손금에는 사랑이 고였다.

바다 소년, 칸

풍경이 그림처럼 흘러간다. 너의 머리칼에 코를 파묻는다. 머리칼에는 연약한 햇빛의 냄새와 오래도록 얽힌 푸른 바다의 향이 난다. 숨을 크게 쉰다. 너의 냄새와 바람의 향이 뒤섞여 난다. 낯설고 익숙한 향이 너에게로 나를 이끈다. 가느다란 길을 달린다. 짠바람과 당신의 머리칼이 나의 얼굴을 때린다. 네 머리칼에 입을 맞춘다. 입속으로 바다의 태양에 노랗게 타버린 네 머리칼이 씹히고, 모든 것들이 괜찮아진다.

너는 보통 말이 없는 편이다. 나 역시 너와 함께일 때는 말수를 줄인다. 너의 시선을 따라가 본다. 나무를 바라보다가 하늘을 바라보다가 별 하나를 찾아낸다. 한참을 바라본 네가 이 별이 무엇이냐고 묻는다. 나는 금성이라고 답한다.

처음 너를 만난 건 어느 조용한 축제였다. 숲속에서 열리는 히피들의 축제라던데, 나는 애초부터 그들의 문화에 큰 관심은 없기에 친구의 강요 아닌 강요에 끌려왔다. 그렇게 가고 싶다는데 뭐, 가보지. 그저 한 걸음 떨어진 채로 그들을 구경했다. 흙바닥과 텐트, 나무에 얼기설기 걸린 아름다운 천들은 마음만큼이라도 나를 평화롭게 만들기에 충분했으나, 사실 그들과 동떨어진 내가 이곳에 있는 게 어색하고 싫었다. 나와 온도가 맞지 않는 곳이었다. 멍하니 그들의 연주와 춤을 바라보았다. 날이 밝으면 바로 가야겠거니, 하고 친구에게 양해를 구하고 다음 날 오전 터미널로 가는 오토바이를 구했다.

밤이 기울어 갈 때쯤 어둠과 추위가 자연스레 찾아왔다. 나는 작은 숲속에서 내 텐트를 찾으려 했으나, 쉽지 않았다. 그때 누군가가 장작을 모으고 불을 지피는 모습이 보였다. 적막 속의 붉은 불이 너무 따뜻해 보여서 자연스럽게 발걸음을 향했는데, 마침 모닥불 뒤로 내 텐트가 보였다. 정확하게 말하자면 텐트를 찾지 못할까 봐 나뭇가지에 걸어 놓은 인도에서 산 노란 천이었다. 가네샤의 얼굴이 바람에 흩날리며 일그러졌다.

멍하니 모닥불을 보고 있으니, 한 남자가 혹시 추우면 여기 앉았다 가라며 말을 건넸다. 허리까지 오는 긴 드레드 머리와 진중한 얼굴이 돋보이는 남자였다. 그는 빠이에서 활동하는 화가라고 했다. 그가 돌과 천에 쏟아 내린 그림들을 바라보았다. 푸른 빛의 밤하늘에는 별이 수놓아져 있었고, 커다란 나무 아래에 남녀가 함께 앉아 있는 그림이었다. 큰 달도 눈이 부실만큼 밝게 걸려있었다. 흰색 달이었다. 그는 함께 있는 가족들이 메인 무대 공연이 끝나면 온다고 했다. 그와 얘기를 조곤조곤 나눈 지 한 시간쯤 됐을까, 흙바닥에 떨어진 마른 나뭇잎과 야윈 나뭇가지들이 밟히며 바스락거리는 기분 좋은 소리가 들렸고, 각지 각국에서 온 사람들이 모닥불 앞으로 모였다. 아, 그가 말한 가족이 진짜 가족은 아니구나, 나는 모두에게 인사를 건네고, 곧 친구 수현도 내 옆에 자리를 잡아 앉았다.

어두워서 찾는 데 한참 걸렸다고 했다. 그곳은 어두운 밤에는 조명이 하나도 없는 곳이라, 플래시를 켜고서도 누구든 길을 잃는 곳이었다. 종종 텐트를 잘못 찾은 이방인들이 앉아서 모닥불을 쐬다 가기도 했다. 시간이 좀 더 지나고, 열 명쯤 모였을까. 모두 한없이 자유로워 보이는 사람들이 앉았지만, 어쩐지 이질감이 그렇게 크게 느껴지지는 않았다. 나의 이야기를 하고 그들의 이야기를 들었다. 괜찮은 시간이었다. 그래도 모국어를 쓰지 않고 대화하는 것은 상당히 피곤한 일이라 곧 자리에서 일어나려 했을 찰나, 네가 왔다.

첫인상은 조금 충격적이기까지 했다. 모닥불 가까이 앉은 네가 불을 크게 붙이려고 가지를 불에 태울 때마다 수그린 너의 모습이 조금 더 크게 다가왔다. 타잔이 실존하는 인물인 것인가. 어느 나라인지 가늠조차 잡히지 않았고, 햇빛에 바래어 버린 노란 긴 머리와 아름답게 태워진 빛나는 피부. 세상의 악이 하나도 느껴지지 않는 커다란 미소가 보였다. 커다랗고 맑고 아이 같은 눈과 그에 대비되는 검고 탄탄한 몸은 당신을 짐작조차 못하게 했다. 어쩌면 태어나서 만난 사람 중 정말 가장 현실감이 느껴지지 않는 사람이었다. 미소를 지을 때마다 이상하게 주변의 분위기조차 싱그러워졌다.

수현아, 내가 취해서 그런가, 아닌데 반 캔도 안 마셨는데, 나 쟤
가 천사로 보여. 내가 눈이 이상한가. 눈빛을 봐, 천사 같지 않
아? 아니야 내가 취했나 봐.

수현이도 내 말에 동의하는 눈치였고, 우리는 저 신비하고 아름다운 사람은 어디에서 온 사람일까 궁금했다.

사람들이 하나둘씩 들어가고 수현도 들어가고 나를 초대한 남자의 텐트에서는 얇게 코 고는 소리가 들렸지만, 나는 잠에 들 수가 없었다.

어느덧 새벽 3시가 넘었다. 모두 들어간 자리에는 너와 나만 남았다. 몸은 미칠 듯이 피곤했지만, 어쩐지 잠의 기운이 조금도 오지 않았다. 가끔 나는 너무 동물적인 사람이라, 정말 본능대로 행동해서 아주 중요한 상황에서도 잠에 빠지곤 하는데, 자고 싶은 본능을 잠재울 만큼 그는 신비롭게 느껴졌다. 아침이 밝아오기 직전까지 우리는 느린 대화를 했다. 많은 이야기를 할 순 없었다. 불은 계속해서 꺼져갔고, 그는 계속해서 장작을 주우러 갔으니.

태국의 꼬 따오라는 작은 섬에서 나고 자랐다. 이름은 칸. 21살. 아빠는 영국과 터키인, 엄마는 태국인, 그는 스스로를 리스너라고 칭할 만큼, 자기 이야기를 하는 것보다 듣는 것이 좋다고 했지만. 나는 네가 너무 궁금했다. 난생처음 보는 유형의 사람이었다. 가장 가보고 싶은 나라는 인도라고 했다. 본인의 아빠가 인도에서 요가와 명상을 배워 꼬 따오에서 가르친다고 했다. 자신은 다이빙을 가르친다고 했다. 다이빙은 일종의 명상이라는 말도 덧붙였다. 나는 인도를 가봤다고 했다. 수동적으로 듣고 대답만 하던 태도가 바뀌고 느린 영어로 많은 것들을 물어보기 시작했다. 눈동자에 비추는 모닥불들이 지나치게 빛났다. 바닷속을 누비는 칸의 긴 머리가 상상되었다.

결국, 다음 날 방콕으로 가는 표를 찢었다. 하루를 연장하기로 했다. 그다음 날은 방콕으로 가는 표도 찢고, 한국으로 가는 표도 찢었다. 내가 상당히 무모한 사람이라는 생각은 했지만, 현실적이기도 한 사람이라고 생각했는데, 막무가내로 구는 내 자신에게 당황했다. 일을 안 한 지 벌써 3개월이 넘어서 슬슬 일을 시작해야 했다. 그러나 한국에 가기엔 이 신비한 사람이 너무 궁금했다. 어른이 되어서는, 돈이나 일보다 내 호기심과 뛰는 심장이 훨씬 중요하다는 걸 깨달았기 때문일 수도 있다. 그런 것들은 도리어 내 인생에 쉽게 찾아오지 않기 때문이다.

나는 칸을 관찰했다. 인간적인 호기심이 가장 컸다. 말수가 유난히 적었으며, 모든 사람의 이야기를 반짝이는 눈으로 들었다. 모두에게 다정했으나 바람둥이냐면 그것도 아니었다. 추근거림과는 정반대되는 다정함이었다. 인류애에 가깝다고 말하면 되겠다. 되받을 마음 없이 누군가를 도와준다. 청소를 자주 했다. 환경을 아꼈다. 나는 칸을 따라 꽁초를 줍고, 예전처럼 멋대로 무언가를 훼손시키지 않았다. 좋아함과 존경함의 감정이 함께 깃든 사람이 옆에 있다면 누구나 그 사람의 행동은 자연스레 따라 하게 될 것이다. 나는 칸처럼 화장실 대신 자연 속에서 볼일을 봤는데, 그럴 때면 '정글 토일렛'이라며 깔깔거리기도 했다. 칸은 표정이 많지 않은데, 미소는 자주 지었다. 그 미소가 너무 맑아서 칸이 웃으면 모두가 따라 웃었다.

　나는 너를 관찰했다. 네 몸에서는 늘 좋은 냄새가 났다. 계곡에서 샤워를 하는데, 한 시간이 넘게 걸렸다. 오래 몸을 씻는 것은 너에게 신성한 의식 같은 것이었다. 돌로 몸을 문지르며 몸을 씻는다. 손톱은 늘 정갈하게 다듬어져 있다. 피부는 매일 윤이 난다. 바디로션을 바르는 게 아닌데도 매끈매끈한 피부가 늘 햇빛에 반사된다. 노랗게 변한 긴 머리는, 늘 바다를 머금고 있다. 어른들의 말을 경청한다. 눈치가 빠르다. 의외로 고집이 세다. 아니, 고집이 세다는 표현보다는 자기주장이 확실하다. 나는 모든 탈 것을 무서워하는 편인데, 심지어 비행기에서도 이착륙할 때 겁이 나 손잡이를 꽉 잡고, 오토바이를 탈 때는 태워주는 사람의 등에 얼굴을 콕 박는다. 하지만 네가 운전을 할 때는 고개를 젖혀서 하늘을 보게 된다. 함께 있으면 편안했다. 네 무릎에 누워 낮잠을 자거나, 담배를 피거나, 하늘을 보았다. 네가 해준 음식을 먹거나, 재료 손질을 도왔다. 네 품에 안겨 잠을 자거나, 노래를 듣거나, 노래를 불렀다. 내가 노래를 부르면, 넌 어설픈 한국어로 내가 부르는 노래를 따라 부르려 하다가 이내 무슨 노래인지 묻곤 했다. 휴대폰 쓰는 방법을 몰라 자주 물었다. 며칠이 지나지 않아 너는 음악을 휴대폰으로 찾아서 들을 수 있게 되었다.

2월의 어느 날 끝나려 했던 여행은, 꼬 따오로 가자는 칸의 말에 끝이 없는 여행이 되어버렸다. 칸을 따라 빠이로, 꼬 따오로 향했다. 그러나 칸의 가족을 만나고, 칸의 친구를 만나고, 칸의 주변을 알게 될수록 나는 그를 더 모르게 되었다. 칸은 철저하게 충만한 삶 속에서 외로움의 길을 걷는 사람이었다. 하루 종일 열 마디도 안 하는 날도 많았다. 노을이 아름다운 그곳에서 그는 바닷속을 누비었고 같은 시간, 나는 해를 잔뜩 맞으며 낮잠을 자거나 글을 썼다. 함께 있었지만, 우리는 너무 다른 시공간을 누비고 있었다. 나란히 걸어가지만, 항상 칸은 저 먼 곳을, 나는 땅 밑을 바라보고 있었다.

해 질 녘에는 칸의 아빠와 함께 시간을 보내곤 했다. 한창 명상에 관심을 가지던 내게 칸의 아빠는 명상으로 비롯된 삶의 많은 것들을 알려주려 했다. 기운과 빛에서 그의 삶의 결이 드러나는 사람이었다. 나는 그 빛에서 칸과 같은 결의 아름다움을 보았고, 지나친 외로움을 보았다. 끊임없이 자신을 탐구하는 사람에게서 나오는 종류의 외로움이었다.

칸의 아빠 역시 나와 같은 여행자였고, 배낭여행을 하던 어린 시절 꼬 따오에서 칸의 엄마를 만나 여행을 멈추고 작은 이 섬에서 아주 오랜 시간 동안, 아주 긴 시간 동안 머물렀다고 했다. 눈에는 기쁨과 외로움과 슬픔이 뒤섞여 있었다. 자유로운 여행자였던 그를 상상하다가 이내 머릿속에서 지워버렸다. 대신 노을을 바라보며 명상을 하는 그의 뒷모습을 말없이 바라보았다. 그는 꼬 따오를 따스하고, 아름답고, 작고, 지나치게 외로운 섬이라고 말했다.

칸과 나는 한 달이 넘는 시간 동안 같이했지만, 여전히 많은 이야기를 하지 않았다. 끊임없이 그를 탐구하던 걸 멈추고, 조용히 한 발짝 떨어져 그를 지켜보았다. 그는 끝없이 자신을 공부했으며, 자신의 삶을 생각했다. 내게는 아름답고도 외로운 시간이었다. 꼬 따오는 내가 머물렀던 섬 중에서도 가장 노을이 아름다운 곳이었는데, 놀랍도록 공허하고 평온했다. 가끔 너무 헛헛한 마음이 들면 내게 팔을 내준 채 잠든 칸의 얼굴을 바라보다가 눈썹을 건드렸다. 그럴 때면 칸은 눈을 게슴츠레 뜨고, 웅얼거리는 소리를 내고, 다시 잠들었다. 가슴팍에 얼굴을 묻고 절대로 잊을 수 없을 듯한 기분 좋은 냄새가 났다.

나는 칸을 좋아했지만, 칸은 나를 좋아하면서, 좋아하지 않았다. 우리는 서로의 이름을 자주 불렀고, 딱히 대답하지 않았다. 나는 칸을 어느 정도 좋아하다가 사랑하기를 멈추고 그를 배워갔다. 존중의 방법은 칸으로부터 배운 것이다. 우리는 그렇게 대화 없는 나날을 한참을 더 보냈다. 종종 그는 나를 안아주었고, 오토바이 뒤에 나를 태웠다. 그럴 때면 나는 더 이상 노래를 부르지 않고 그의 머리에 얼굴을 파묻었다. 바다와 태양의 향이 나는 칸의 머리칼에 입을 맞춘다. 그러면, 신기하게도 모든 게 괜찮아졌다. 눈을 감고 입을 대면, 세상 속에는 나와 칸, 바람과 바다만이 존재했다. 나는 그렇게 몇 분을 칸의 머리에 얼굴을 박고 있기도 했고, 몇 시간 내내 머리칼에 얼굴을 박고 있기도 했다. 내 얼굴과 입술도 짭짤해진다. 우리의 이별도 그렇게 무디게 흘러왔다.

잘 가, 그래 잘 가. 잘 지내, 내년 샴발라에서 만나. 아니면 인도에서. 응 그래. 모든 게 고마워. 나도야. 내년 샴발라 후에는 다른 섬으로 초대할게. 응. 종종 연락해.

익숙한 포옹, 익숙한 머리칼의 향, 돌아섬 없는 인사. 칸과 나에게 어울리는 작별이었다.

나는 여전히 칸을 떠올리며 길에 떨어진 꽁초를 줍는다. 쓰레기를 아무 데나 버리지 않는다. 수풀에서 볼일을 보기도 한다. 누군가 일을 하면 들키지 않게 그들을 도와본다. 다른 사람들의 말을 귀 기울여 듣는다. 내가 살고 있는 제주에는, 종종 바람이 불면, 바람을 따라 칸의 머리칼에서 나는 그리운 냄새가 난다. 나는 조용히 눈을 감고, 바람에 입을 맞춘다. 모든 것이 괜찮아진다.

뒤늦은 답장

제주에는 J의 편지를 데려왔다. 제주도에서 잠시 살기로 결심하면서 불현듯 세 번째 서랍을 뒤져 그의 흔적을 꺼냈다. 내 인생에서 가장 아름다웠던 제주는 그와 함께했던 제주였기 때문이다. J는 제주 여행의 끝에, 직접 써 내린 시 한 편과 함께 편지 뭉치를 건넸다. 내가 편지를 써달라고 졸라대기도 했지만, J는 본래 여리고 아름다운 마음으로 글을 쓰는 사람이었다. 한 장이 유실되어 있었고, 한 장은 눈물 자국으로 글씨가 온통 번져있어 읽을 수가 없다. 아마도 우리가 헤어진 후에 내가 꽤 여러 번 세 번째 서랍을 건드렸나보다.

J는 그 시절의 나에게는 특별한 사람이었다. 이십 대 초에 시작한, 제대로 된 첫 연애였다. 누군가 삶에 이렇게 크게 개입할 수 있다는 것을 나는 J 덕에 알았다. 봄과 여름과 가을과 겨울이 모두 저물어 갈 때, 온몸을 다해서 서로를 사랑했는데, 나는 되려 두려워졌다. 생경한 감정이

무서워, 끝내 끝을 보지 않고 도망치고 말았다. J의 마지막 모습은 눈물이었다. 나 역시 당신이 떠난 후 한참을 울었다. 눈물을 삼킨 삶에서 재워왔던 눈물들을 당신이 다 깨웠는지, 온몸의 수분이 다 빠져나갈 때까지 울다가 울다가 또 울었다. 그렇게 새벽 세 시에 당신의 문장들을 보며 자그마치 일 년을 더 울었다. 그렇게 울다가, 나는 보내지 않던 답장을 쓰기 시작했는데, 아마 내 인생의 진실된 첫 편지들이었을 것이다. 수신인은 당신이었지만, 편지는 번번이 내 이메일함으로 왔다. '당신에게'라는 제목으로 쓴 편지들이 메일함에 가득 차 있다. 당신에게 쓰지 못했던 답장을 보냈다. 그 일 년이 지나고 울지는 않았지만, 계속해서 J의 편지를 만지작거렸다.

당신의 편지 뭉치를 들고 세화 해변으로 왔다. 당신은 이곳에서 파도의 역동적인 일렁임처럼 나를 영원히 사랑할 거라는 문장을 주었다. 파도는 우리가 그때 보았던 겨울의 푸른 바다처럼 역동적이지 않다. 코를 박아본다. 종이에 먹힌 수성펜의 냄새가 난다. 유난히 눈물 자국이 많은 부분을 읊어본다.

시내에게

겨울이 너무 춥다 시내야. 오늘도 눈이 왔어. 어제의 눈과는 다른 느낌의 눈이었어.

눈송이들이 살갗에 닿는데, 닿자마자 녹아 버렸어. 세상의 모든 첫눈들은 다 녹아버리고 말아.

나는 눈송이 같은 사람이야. 그래서 사람을 만날 때는 자주 녹아버렸어. 첫눈들을 볼 때마다 소심하고, 마음의 문이 무거운 나를 마주했어. 너를 만나고, 오랜만의 나를 만났을 때, 흰 눈이 소복하게 쌓여있었어. 어느 시점일까, 눈들이 녹지 않고 쌓이는 순간은. 내 안의 것들은 언제 네 앞에 끄집어져 있었을까. 겨울이 너무 춥다.

- 2018년 1월 제주에서

그리고 나는 비로소 늦은 답장들을 보낸다.

J에게

네게 쓰는 참 오랜만의 글이다. 나는 종종 너에게 글을 쓰고는 한다. 마음속의 세상을 어여쁘게 남기는 너와는 달리 내가 네게 글을 쓸 때는, 늘 찌질하고, 모자라고, 너의 한 곁을 그리워할 때다. 딱 지금 같은. 물론 나만 받을 수 있는 수취인 불명의 편지가 분명하다.

우리가 만나기 전부터 나는 사람 같은 것에 대한 기대가 없었다. 너와 나의 처음처럼, 내가 엄마를 그러하게 여기듯, 내가 세상을 그러하게 여기듯, 너도 알고 나를 밖으로 끌어내려던 그것 말이다.

누군가에게 곁을 준다는 것만큼 비참한 일이 없는 것이란 것을, 이미 떠나고 난 네 온기와 살결이, 가끔이나마 스쳐 가던 옅은 잔향까지 사라져 버렸을 때는, 이미 나는 변해버렸다. 살 속을, 머릿속을 헤집고 들어 와버린 온기의 따스함을 느껴버렸기 때문일지도 모르겠다. 내 세상 속에서, 아주 작은, 이 세상에 존재하는 가장 작은 먼지보다 작게 남아 있는 그런 기대를 너무나도 커다랗게 발견해 버린 것 같은. 나는 너를 만나고, 사랑을 알았다. 아픔과 치유, 상처와 포옹, 인류와 온정, 아니 좀 더 나아가 인류와 신 같은 좀 더 고차원적인 사랑 말이다. 물론 네가 알려준 사랑의 정의를, 나 정도의 사람은 절대 표현할 수 없을 거다. 하나 자신 있게 말할 수 있는 건, 세상에 존재하는 모든 사랑은, 정말 위대하더라도 너보다 옅을 것이란 것. 물론 늘 그렇듯이, 너도 알듯이 나의 착각일 수도 있다.

깊게 베인 상처를 드러낸 어느 날, 아니 드러낼 수 있던 어느 날, 너는 내게 온 우주가 되었다. 꼿꼿하게 서 있던 갈대는 잎사귀 하나하나 바람에 바스라져, 따스하게 퍼진 공기를 타고 하늘 곳곳에 심어졌다. 나는 갈대였고, 너는 하늘이었다.

마음껏 아파할 수 있도록, 마음껏 미워할 수 있도록, 마음껏 우는 사람이 되도록, 마음껏 안기는 사람이 되도록, 마음껏, 감정껏 살아가는 사람이 되도록, 너는 나를 만들었다. 네게 모든 것을 터놓던 날, 나는 알았다. 미약한 기대에 기꺼이 다가온 보답, 새롭게 보였던 사람에 대한 정의, 치유와 안정, 그 모든 것들이 내게 독이 되어 돌아올 것이란 것을. 내 모든 가여움과 추악함을 무조건적으로 안아주던 네 곁, 내가 무서워하는 그 광활한 무언가를 품고 있던 네 곁.

너는 독인 것지, 축복인 것지, 저주인 것지, 떠난 너는 바늘이 되어 내 온몸을 찌른다.

J야, 이름을 담기도 거룩한 너의 소중하고 어여쁜 이름을 새벽 세 시 정도의 몇몇 날에 떠올리고는 한다. 오롯이 내가 세상에 내가 혼자 존재할 수 있는 소중한 순간에만, 내게 이름을 새겨 준 너의 곁들을. 잊지 않기 위해서, 종종 요즘은 네가 어떤 글들을 쓸까 생각하며, 다음 생애에는 연인이라는 이름이 아닌, 다른 존재로 만나길 바라며, 네가 나의 친구, 오빠, 엄마, 아빠, 선생님 같은, 끝나지 않을 수 있는 연으로 만나길, 나는 늘 너라는 존재에게 다시 안기길 염원하면서.

- 2019년 어느 술 취한 새벽에

시내에게

어제는 웹툰 '유미의 세포들'을 보다가 눈물이 났어. 참 주책이지. 사람 감정이라는 건 이렇게 장난처럼 왔다갔다 거리는데, 이건 사람들이 함께 살아가는 공간이라 그런 거겠지. 세상에 혼자만 있다면 이런 감정 같은 것들은 사라지는 걸까. 아닐 거야. 어제 시내의 과거의 한 부분을 듣고 나는 같이 울었었지. 나의 눈물은 너의 통증과는 분명 다른 아픔이겠지만 나는 너의 아픔이 아프고 아파. 아픈데 아프지 않다고 말하긴 어렵지만 부탁할게. 지나간 상처에 새로운 눈물을 흘리지 말자.

내가 좋아하는 노래 가사에서 삶은 열매거나 꽃이래. 예쁘거나 아름다운 거래. 나의 부모님은 늘 열매를 투영시켰지만, 나는 언제나 꽃을 그렸어. 시내야. 너는 무엇이니.

- 2018년 1월

J에게

J야. 이번에도 너무 늦은 답장을 보낸다. 우리가 함께 보았던 '유미의 세포들'을 나는 어제도 보았어. 네가 요즘도 보고 있을까. 유미는 우리가 함께 했던 시절에는 웅이를 사랑했지만, 몇백 화가 지나는 동안 많은 게 바뀌었어. 우리가 이별할 즈음에는 바비를 사랑했고, 지금은 또 순록이라는 다른 사람을 만나고 있어. 유미는 있잖아, 순록이랑 사랑한 지 얼마 되지 않는데 많이 사랑하더라. 온전히 모든 걸, 나중을 생각하지 않고 상처받을 걸 알면서도 모든 마음을 줘버리는 유미가 나는 너무 부럽더라. 어제는 유미가 말하길, 누군가를 좋아하게 되면 유미 마음속에서 1순위는 그 사람이 되고 유미는 2위가 된대. 댓글에는 의견이 분분했어.

내 마음속에서 네가 나보다 소중해진 순간, 나는 너무 겁이 났어. 아니라는 사람도 있지만 나는 자기 자신을 2위로 내려놓고 마음껏 사랑할 수 있는 유미가 너무 멋있어 보이더라. 그래서 유미가 그렇게 아파하고, 다시 온몸을 다해 사랑할 수 있게 되는구나. 너무 건강한 사람이구나 하고.

유미처럼, 나도 많은 사람을 만나고 또 보냈어. 다들 좋은 사람

들이었고, 너처럼 나에겐 과분한 사람들이었어. 여전히 마음을 온전히 비추질 못했고, 그들은 그런 내 모습에 많이 힘들어했어. 나는 공간과 공간 사이에서 종종 너를 떠올렸어. 나의 모든 것을 알고도 나를 사랑했던 네가 궁금했어.

그리고 오래전 네 질문에 대한 답을 하자면, 나는 꽃이라고 대답할래. 활짝 피었다가, 금세 시들겠지만 나는 향기를 주고 가고 싶다고 생각했어. J야, 나는 꽃이야.

- 2020년 5월 제주에서

불행은 어른이고 어른은 시인이다

바람이 너무 차가워서 견딜 수가 없어. 한국에서 맞는 겨울은 오랜만이야. 이 겨울도 이제 끝나가. 그렇다고 봄이 그립지는 않아.

지금 하늘은 높게 드리워져 있다가도, 손에 닿을 듯이 가까워. 너를 알던 모든 사람은 다 같은 눈으로 하늘을 바라봐. 나는 그 눈들이 때로는 너무 무섭게 느껴져.

겨울 속에서 감정들은 소용돌이처럼 다가와. 나는 그 소용돌이에서 마구잡이로 떠다녀. 그 속에는 그리움과 처연함, 두려움과 막연함 같은 것들로 차 있어. 너처럼 가녀린 사람들은 이 소용돌이 속에 들어오면 떠다니다가 웅크리다가 바스러지다가 짓이겨지다가 먼지보다 못한 파편이 되지 않을까.

너는 잘 지내는지 궁금해.

글쎄, 나는 어떨까. 잘 모르겠어. 그저 너를 실감하는 중이야. 지금 같은 겨울에는 너의 투박하고 못난 손을 잡고 어디든 누비고 있지 않았을까.

네 곁이랑 조금 더 가까워질 수 있는 곳으로 도망치고 싶기도 하다가, 마냥 웅크려져 있는 걸 택하고는 해. 너도 내가 얼마나 게으른 아이인지 알잖아. 절대 네 곁에 가고 싶다거나, 널 다시 안고 싶다는 뜻은 아니니 걱정 마. 나는 그냥 먼 발치에서 너를 느끼고 싶어. 너를 보고 싶고, 네 존재를 증명하고 싶어.

시간은 야속하게도 참 빨리 흘러가. 나는 이렇게 여러 차례의 계절을 보내고, 때로는 무뎌지다가 때로는 너를 생각하며 온몸이 뜨겁다가, 종종 너를 잊기도 하겠지.

네가 살아온 삶의 시간을 제칠 때가 되면 그때가 되면 조금 나아질까.

이렇게 요즘, 나는 너를 생각하고는 해.

내가 좀 더 어렸을 때, 나는 몰랐거든. 담배를 피우거나, 쓴 커피를 마시거나 그래야만 어른이 되는 건 줄 알았어. 나는 불행이 어른이고 눈물이 어른인지 전혀 몰랐어. 울고 싶지만 우는 것을 잊는 밤들이 있잖아. 끝없는 잠을 자거나, 아주 조금의 자극을 기다리는 그런 밤들. 나는 그런 밤들이 어른인 줄 몰랐어. 아프고 불행한 것, 가엾거나 여윈 것을 보는 것이 얼마나 큰 어른인 줄 나는 정말 몰랐어.

나는 이제 울어. 왜, 내가 자신만만하게 말했었잖아. 나는 슬픈 영화를 보고도 한 번도 운 적이 없다고. 어느 날은 엄마랑 오빠랑 '코코'를 보는데 너무 재밌어서 막 웃었거든, 옆을 보니 둘 다 우는 거야. 같은 장면을 보는데. 나보다 열한 살이나 많으면서 애들 보는 영화 보고 운다고 엄청나게 놀렸어.

그래서 나는 그날도 내가 안 울 줄 알았어.
네가 굳이 슬픈 영화를 보자고 해서,
내가 신파나 로맨스는 싫다고 슬픈 영화는 그림 속의 장치일 뿐이라고 박박 우겨도,
그럼에도 너는 봐야 한다고 해서,
그날 너는 하필 이별해서,

어디에나 있고
어디에도 없는   83

거절할 수가 없어서,

우리는 소주를 마시고,

맥주를 마시고,

노래를 부르다,

청아한 바람이 부는 어느 여름의 아름다운 곳에서,

푹신한 이불에 한참 떨어져 앉아서,

방문으로 들어오는 고양이를 지켜보면서,

가끔은 벽을 응시하면서,

낯선 사랑을 보다가,

너는 이미 수십 번이나 봤던 뻔한 영화를 보며 몸을 떨었어.

'내 머릿속의 지우개'였지. 그 영화 말이야. 사실 나는 그런 너를 보면서도, 시작하기 전부터 우는 널 보면서도, 어떻게 하면 너를 더 놀릴 수 있을까 생각했어. 슬픈 영화를 보고 울고, 무서운 영화를 보면 작은 내 팔에 커다란 덩치를 숨기는 네가 웃겼어. 네가 하도 우니까 안쓰러운 마음이 들어 휴지를 가져다주고, 이불을 덮어주고 토닥여줘도 너는 계속해서 울다가 지쳐서 잠들었잖아. 사실 나는 그날 콧물과 눈물이 자꾸 킁킁 나오더라. 네가 더 심하게 우느라 내가 우는 걸 못 봐서 다행이라고 생각했어. 사랑하는 사람의 기억 속에서 사라져 가는 것이 슬플지, 내가 사랑하는 사람을 기억 속에서 지우는 것이 슬픈지, 나는 네가 잠들고 나서도 한참 고민했어. 너는 어때, 둘 중에 어느 것이 더 아파서 운 건지 나는 아직도 그게 궁금해.

  나는 요즘 자주 울어.
  영화를 보고 울고,
  시를 보고 울고,
  죽은 꽃을 보고 울고,
  하늘이 맑아서 울고,
  나를 보고 울어.

  엄마는 내가 아주 작았을 때부터 아이들이나 엉엉 우는 거라고 했는데, 그래서 나는 항상 웃었는데, 왜냐면 그게 어른이니까. 그러나 나는 정작 어른이 되어서야 울어. 혼자서도 울고, 숨어서도 울고, 누가 앞에 있어도 그냥 울어.

  우리 엄마는 자주 울어. 벌써 육십사 년이나 살았는데도 여태껏 우울증에 시달린다고 했어. 날이 갈수록 먹는 약들이 늘어난다고 했어. 우리 엄마는 시인인데 그래서 자꾸만 어른인가 봐. 낱낱이 펼쳐있는 낱말과 낱말 속에서 가엾고 여위고 아프고 불행한 것들이 자꾸만 보이니까. 그런 것들을 바라볼 수 있는 사람은 불행이고 시인이고 어른이니까. 침잠한 아득한 것들이 자꾸만 마음 밖으로 떠돌아다니며 우리를 옥죄이니까.

너는 죽고 싶단 말을 입버릇처럼 달고 살고, 나는 더 열심히 살 거라는 말을 입버릇처럼 달고 살았어. 저 하늘 끝의 먼 섬에 가보았다고 거짓말을 하는 작은 꼬마들처럼. 나는 늘 이미 죽은 사람처럼 웅크렸고, 너는 날개를 단 듯 세상의 모든 것을 탐험하려 했어. 우린 늘 반대로 달리다 서로를 보지 못한 채로 지나쳤고.

근데, 어느 날 내가 세상의 끝에 있는 섬에 가보았을 때, 정말로 나는 그곳에서 너를 만났어. 멀리서 너를 보았는데 나는 감히 네게 말을 걸지 못했어. 너는 불행과 어른과 시인이 없는 곳에서 아이처럼 자그마해진 채로 작은 꼬마들과 숨바꼭질을 하고 있었으니까. 꽃밭에서 숨어있는 너를 부르면 작은 꼬마들이 너를 알아챌까 봐 나는 그냥 너를 한참 바라보다가 돌아섰어. 나는 그래서 이제는 네가 밉지 않아. 나는 비로소 시를 읽게 되었으니까.

근데 말이야.

내가 궁금했던 거 있지, 사랑하는 사람들의 기억 속에서 잊히는 것이 슬픈지 내가 사랑하는 사람들을 잊는 것이 슬픈지.

나는 아무래도

아니, 너와 나는 아무래도

내가 사랑하는 사람들을 잊는 것이 조금 더 슬플 것 같아.

우리는 늘 정반대로 달렸지만, 우리가 가고 싶은 곳은 같았으니까. 사실은 누가 옳은 길로 달리는지도 모른 채였지만.

그러니 조금만 더 기다려줘.

나는 이 길고 짙은 불행 속에서 조금만 더 뛰어놀게. 그러다가 자꾸만 까물까물 네가 아득해질 때면 불행과 어른과 시집을 집어 던지고 꽃밭에 숨어 있던 너를 찾으러 갈게.

그 속에서 우리는 다시 소주를 마시고,

맥주를 마시고,

노래를 부르다가

춤을 추자.

푹신한 이불 속에서 서로 한참 떨어져 앉자.

이불 속에서 담배를 피자.

그래도 같은 곳을 바라보며 앉자.

그래서 어느 지나가는 바람과 별을 오래도록 함께 바라보자.

세상의 모든 가여운 것들을 몰라보자.

짓이겨지는 마음들을 모두 일으키자.

시인과 불행과 어른들을 내버려 둔 채로 우리끼리 놀아보자.

그곳에 흐르는 느린 아침과
밤의 외로움을 사랑했다

≋

귀를 찢는 릭샤의 경적, 조금만 걸어도 이런저런 말을 건네는 낯선 사람들. 날쌔지 못한 소의 울부짖음과 장사꾼들의 서툰 영어. 발에 흙이 채는, 쓰레기들이 던져지는, 정제되지 못한 소리 덕에 이곳은 도무지 조용할 틈이 없다.

불편하다. 재래식 화장실과 숟가락 대신 손을 씻을 물통이 나오는 카레 가게, 먼지가 켜켜이 쌓여있는 나이 든 선풍기와 2시간은 기본으로 늦는 기차. 골목에만 들어가도 터지지 않는 전화, 음식 안에서 나오는 이름도 모르는 벌레들. 마음에 안 드는 것투성이다.

그럼에도 나는 2년에 한 번, 2개월씩 꼭 이곳을 온다. 딱히 그렇게 정해 놓은 것도 아닌데, 스물둘부터 스물여덟인 지금까지, 겨울과 봄 사이 혹은 뜨거운 여름 한복판에는 시끄러움과 고요함 그 어디에 있는 이곳에 있다. 이곳의 소리들을 따라가다 나는 알아챘다. 내 방학은 이곳에 있고, 아침은 이곳에서 늘 시작되었음을. 어린 시절의 외갓집처럼 인도는 나의 작은 고향으로서 나를 키워갔다. 아둔하지만 단단한, 삶에 복종하지 않는 인간으로. 조심스럽게 나의 작은 방학들을 꺼내어본다.

스물둘, 짜이 짜이 짜이

초보 배낭여행자인 나는 겁이 많았다. 몸만 한 배낭의 어깨끈을 양손으로 꽉 잡고 이리저리 눈치를 본다. 기차를 탄다. 바닥에는 쓰레기와 먼지로 가득하다. 칸과 칸을 떠도는 온갖 잡상인들과 몰래 타는 사람까지 가득 차 내 자리마저도 뺏긴다. 체인으로 의자에 연결된 봉과 배낭을 꽁꽁 묶어 연결한다. 사람들에게 배낭을 지켜봐 달라는 무언의 부탁을 눈으로 보내고, 그제야 재빨리 화장실을 다녀온다.

나는 잠이 많다. 하루에 열 시간은 푹 잠들어야 하는데, 기차에선 그럴 수가 없다. 낮에는 기차 안의 모든 사람이 내게 말을 걸고, 밤에는 오고 가는 사람들과 코 고는 소리, 낮 동안 데워진 기차 안의 열기. 밤에도 빛나는 눈동자들에 두려움이 스멀스멀 피어난다. 몸을 웅크리며

밤새 수많은 생각들을 떠나보낸다. 오래된 흔적들을 떠올리다가, 내 발을 스치는 누군가의 어깨에 눈을 뜨다가 그렇게 겨우내 잠이 든다. 어디에서나 잠들 수 있는 무심한 본능은 인도로부터였다.

"짜이 짜이 짜이"

알람을 맞추지 않아도 된다. 아침이 왔음을, 초라한 목소리는 둔탁하게 나를 깨운다.

짧으면 열 시간, 길면 스무 시간을 타야 하는 이 긴 기차 안에서 짜이 왈라들은 해와 함께 등장하고 밤과 함께 퇴장한다. 백 원도 안 되는 분말 우유와 설탕의 단 향으로 가득 찬 짜이를 마시는 순간 비로소 아침이 시작된다.

커다란 배낭, 기차 안에서 수십 번은 돌려 본 '비포 선라이즈', 옷 사이에 감춰둔 낡은 지갑. 완전한 타인이기에 품을 건넸던 낯선 사람들.

스물둘의 나는 인도에 있었다.

스물넷, 쿠미코 할머니

고작 100루피(1,700원)였다. 그곳에서 하루를 지내는 비용은.

바라나시에서 가장 저렴하고 더럽기로 유명한 쿠미코 게스트하우스는 골목의 끝에, 갠지스의 앞섬에 자리해 있다. 이곳은 나이 든 개와 강바람의 향으로 가득 차 있다. 나는 이곳에 큰 애착이 있다. 똥을 못 가리는 늙은 개의 쿰쿰한 냄새와 쿠미코 할머니 품에 안길 때의 묘한 안정감, 청소하면서 주문처럼 힘들다고 말하는 할머니 곁을 서성이는 것, 요리하는 할머니의 뒷모습을 바라보는 것을 나는 도무지 놓칠 수가 없다. 누워서 텔레비전을 보는 할머니에게 치대면, 할머니는 장난스러운 미소로 매번 나를 안아준다. 아는 단어가 그것밖에 없어서 자꾸 할머니에게 귀엽다고 말하는 나를 할머니 역시 참 귀여워했다. 나는 할머니가 없었지만, 할머니가 무엇인지 이곳에서는 알 수 있었다. 나는 종종 네 살배기 꼬마가 되었다.

쿠미코 하우스는 더럽다. 불편하다. 화장실엔 오물이 가득하다. 수도는 자주 고장 난다. 하나의 화장실을 열 명이 나누어 쓴다. 숨을 참아야만 화장실에 들어갈 수 있다. 잠자리도 불편하다. 삐걱거리는 침대를 재빠른 여행자들이 차지하면 나는 먼지 구덩이 한켠에 침낭을 깔고 잠을 청한다. 개미들이 온몸에 들끓는다. 피로한 여행자들의 코골이가 단잠을 방해한다. 감옥 같은 창살 새로 강바람이 불어오면 그제야 잠이 든다. 강물이 쉼 없이 흐르는 동안 밤의 시간도 흐른다. 나는 가장 불편한 곳에서 가장 편한 잠을 청했다. 그렇게 쉼 없이 쉬다 보면 아침의 소리가 들려왔다. 가파른 계단 아래에서 쿠미코 할머니는 낭랑한 목소리로 외친다.

"아침밥 먹으러 내려와!"

세상 온갖 게으른 여행자들이 모인 이곳의 도미토리는 할머니의 소리가 들리면 눈을 비비적거리며 계단을 내려간다. 오십 루피짜리 아침을 먹고, 다시 가파른 계단을 올라와 삐걱거리는 침대에 누워 미룬 잠을 청하거나 조금 더 부지런한 여행자들은 강가로 나가 갠지스를 바라보며 짜이를 마신다. 나는 둘 다 아니다. 할머니의 소리에 일 분 정도 깨었다가 아침이 왔구나, 그런 생각만 하다가 다시 잠자리에 든다. 스물넷의 나는 게으름을 배워가는 중이었다.

그곳에 흐르는 느린 아침과

밤의 외로움을 사랑했다.

스물여섯, Dairy milk

판공초로 올라가는 지프에서 인도인 커플이 내게 초콜릿을 내밀었다. 고산 지대에선 초콜릿이 약이래. 맛있게 받아먹는 친구와 다르게 계속 거절하자 그들은 내게 몇 번이고 물어봤다.

22살, 가난한 여행자이던 나에게 누군가 건네준 'dairy milk' 초콜릿은 내 최고의 사치이자 호사였다. 내 평생 이렇게 맛있는 건 없을 거야 생각하던 때였다. 그때의 내가 봤다면 분명 기겁했을 것이다.

초콜릿을 싫어하게 된 건 꽤 오래됐다.

어느 순간 빵을 멀리하게 되고, 그다음엔 과자를 멀리하게 되고, 늘 먹던 캐러멜 마키아토 대신 아메리카노를 먹게 된 건(물론 아직 젤리는 좋아한다), 정말 놀라울 만큼 순식간이었다.

첫 책에 이런 구절을 썼던 것 같은데, 지금 보면 참 우습다. 어린 시절의 내게 어른이 되는 기준은 커피가 쓰지 않게 느껴질 때 시작이라고. 단 걸 먹으면 속이 메슥거리고, 밤새 며칠은 놀 수 있던 내가 새벽 2시만 지나면 까무룩 죽어버리고, 매일 만취하여 수많은 사람과 만담을 즐기던 음유시인은 가벼운 술자리만 잡혀도 피로부터 쌓이고, 만나는 친구들의 수가 점점 줄어들고, 드라마와 신곡에 열광하지 않게 되고 더는

천 원을 깎는 것에 시간을 소비하지 않고, 음악과 음식의 취향이 확고해지며, 수많은 이별에 무덤덤해지는.

혼자 있는 시간이 점점 좋아지고 그러면서 혼자 있고 싶지 않게 되는 애매한 어른.

판공초로 올라가는 차 안에서 그 시절 좋아하던 초콜릿을 한입 베어 물었다.

익숙하고 달콤하지만, 이질적이며 불쾌할 만큼 까끌거리는 맛이 계속해서 입속을 감돌았다.

스물여덟, 하루키 아저씨

다시 찾은 쿠미코에 진짜로 이상한 사람이 들어왔다. 채빈과 나는 수현이 올 때까지 조급했다. 이 특이한 남자가 얼마나 특이한지 말해주고 싶었다. 괴상한 옷을 입고 서커스 단원 같은 모자를 쓰고 안경은 얼마나 두꺼운 것을 쓰는지 얼굴의 굴곡이 울렁거렸다. 모든 행동들이 우스꽝스러웠다. 무표정이 익숙한 수현도, 그 앞에서는 웃었다. 우리는 매일 그를 보며 웃어댔다. 그런 그도 우리를 보며 웃어댔다.

그는 종종, 우리를 향해 박수를 치더니, 이상한 말들을 하다가 더 이상한 동작들을 하며 암호들을 외쳤다.

"구또-모닝-군"이라 말하며 주먹을 자신의 가슴에 치다가 바깥쪽으로 내뻗었다.

"사이코 맥스 아리가또 시야마세"라고 외치며 양손을 하늘로 내뻗었다.

그의 말들은 곧 게스트하우스의 구호가 되었다.

아침에 일어나 눈이 마주치면 모두 손을 모아 구호를 외쳤다.

구또-모닝-군!

어쩐지 중독성이 강해, 여행하는 몇 달 내내 구또-모닝-군을 외치며 아침을 시작했다. 그러면 정말로 좋은 아침 같아서, 나는 낮과 밤에도 자꾸만 외쳐댔다. 네팔에서도, 태국에서도 그에게 배운 아침 인사는 멈추지 않았다.

구또-모닝-군을 외치며 뛰어다니는 하루키 상은 개그맨이나 연극을 하는 사람인 줄 알았는데, 의외로 오렌지 농장에서 일하는 사람이었다. 하루키 상의 별명은 '히피들의 왕'이었다. 물론 본인이 붙인 건 아니고,

주변 여행자 친구들이 붙여준 듯했다. 그는 재밌고 독특하기로 유명한 사람이었다. 그는 언제나 이빨이 만개할 정도로 지나치게 웃고 있었는데, 그래서 언제나 외로워 보였다. 매일 춤을 추며 뛰어다니고, 꼬마들 앞에서도, 쿠미코상 앞에서도 춤과 웃음을 멈추지 않았다.

　그는 왜 이렇게 웃으면서 다닐까, 그는 왜 자꾸만 구또-모닝-군을 외칠까에 대한 의문은 다른 친구에게서 들을 수 있었다. 그는 그가 일하는 오렌지 농장에서 그는 일의 시작 전 동료들과 구또-모닝-군을 외쳤다. 일종의 노동요였다. 빛나는 햇살 아래 싱그럽게 피어난 오렌지를 보며, 그는 매일 새로운 아침이 시작되길 바라며 자꾸만 외쳤다고 했다. 매일 행복하자는 그의 다짐이었다.

　매일 그에게 내리는 새로운 아침들을 그는 번번이 격려했다.
　온 힘을 다해서, 온 마음을 다해서 그는 좋은 아침을 마주했다.
　그래서, 그에게 도래하는 아침들은 온통 웃음으로 가득 찼다.

　나는 종종, 외로운 아침이 오면 그의 구호를 외친다.

　구또-모닝-군!

엄마와 외숙모

　엄마는 내가 아주 어린 시절부터 바빴다. 어린 날의 첫 기억들을 꺼내본다. 늦은 밤, 간지러운 여름밤의 소리에 잠에서 깨어난 내가 엄마를 찾는 모습이 떠올랐다. 싱그러운 아침의 지저귐에 엄마를 찾으며 우는 모습이 떠올랐다. 엄마는 자주 없었고, 그것은 주어진 가난으로부터 벗어나고자 하는 어떠한 의지로부터 비롯된 것이었다.

　엄마는 화려했다. 어린 시절, 학교라던가 어린이집이라던가 어떤 곳에서든 가족을 그릴 상황이 생기면 꽃이 심어진 집보다는 늘 바쁘게 일하는 엄마의 모습을 크레용으로 그려냈다. 진분홍색과 다홍색을 유난히 자주 썼다. 내가 생각하는 엄마와 가장 어울리는 색이었다. 그 시절의 내게는 꽤 자랑스러운 엄마였는데, 엄마와 손을 잡고 다니면 "너네 엄마 진짜 예쁘다, 옷도 너무 예쁘게 입어."라는 소리를 자주 들었기 때

문이었다. 어린 날의 자부심이었던 엄마 덕에 어깨가 으쓱해졌고, 어린 나는 학부모를 부르는 날을 손꼽아 기다리곤 했다. 주로 엄마는 화려한 옷을 입고, 선글라스를 머리에 낀 채로 본인이 적어 내린 시를 낭송했다. 시의 마무리와 함께 터져 나오는 박수 소리에 나는 벅차오르고는 해서 엄마의 손을 꽉 잡았다. 엄마는 나도 항상 어여쁘길 바랐는데, 가장 공주 같은 옷을 입히고 내게 늘 말했다.

"아비 없는 자식으로 보이지 않아야 해."

엄마는 무서웠다. 백설 공주에 나오는 새엄마 같은 날카로운 화장을 한 엄마가 나를 혼낼 때면 나는 터진 풍선처럼 온몸이 쪼그라들었다. 엄마는 내가 아는 어른 중 가장 무서운 어른이었다. 홀몸으로 두 아들과 딸을 훌륭하게 키워낸다는 것을 어린 내게 자주 말하곤 했는데, 나는 그것이 엄마가 독해야 하는 이유인 줄은 몰랐다. 나는 엄마의 바람대로, 어른스러운 딸, 똑똑한 딸, 어디 나가도 혼자 살 수 있을 것 같은 훌륭한 딸로 자랐다.

엄마는 내가 초등학교에 들어가기 전 내게 몇 가지 쉬운 요리들을 가르쳐 줬다. 계란후라이, 계란찜, 볶음김치 같은 쉬운 반찬부터, 얼린

국을 데우는 법, 밥을 짓는 법, 나는 엄마가 바쁠 때면 곧장 간단한 밥상을 차려내서 밥을 먹곤 했다. 나는 어른스러운 아이여서, 거뜬히 모든 것을 할 수 있었다.

방학이 되면 나는 외갓집에 맡겨졌다. 진영이라는 곳이었는데, 그곳에는 감나무가 있었고 논이 있었고 잘 짖지 못하는 나이 든 개가 있었다. 나의 외숙모는 음식 솜씨로 동네에 소문이 자자했다. 친척들 사이에서도 유명해서 외숙모의 밑반찬을 가져가기 위해 명절이 되면 어른들의 날랜 입들이 분주해졌다. 외숙모의 손은 유난히 두껍고 거칠었다. 커다랗고 두터운 손으로 짐을 든 누군가에게 반찬들을 쥐어줬다. 부드러운 엄마의 손과는 달랐다.

엄마는 은연중에 대학을 나오지 않은 외숙모를 무시했고, 외삼촌은 요리 솜씨 때문에 외숙모와 함께 산다고 말하기도 했다. 나는 그런 어른들이 너무 밉고, 아무것도 모르는 바보들 같았다. 이름만 있고 가진 것 없는 집에 시집와서 구박만 받은 외숙모가 불쌍했다. 나는 매번 친척들이 외숙모에게 던지는 말들을 잡아내곤 했다.

"아니거든요, 우리 외숙모는 마음이 예쁘거든요, 요리만 잘하는 거 아니거든요. 얼굴이 곱거든요, 외삼촌은 틀니도 끼고 머리도 까지고 우리 외숙모가 최고예요."

외숙모는 그런 나를 안거나, 호탕하게 웃었다. 외숙모는 예쁜 얼굴은 아니었지만, 나를 보고 웃을 때는 어른들이 자아내는 묘한 악 같은 것이 없었다. 기분 좋은 얼굴이었다. 나는 외숙모가 좋았다.

나는 방학의 낮이면 외갓집의 거실에 누워 공부를 하다가 밭에서 무언가를 따고 들어온 외숙모의 무릎을 베고 누웠다. 집안이 깻잎의 쿰쿰한 향으로 가득 찼다. 햇볕을 많이 받아 낡고 쪼글쪼글한 외숙모의 피부를 조물조물했다. 외숙모의 몸에서는 다용도실의 냄새가 났다. 여기저기 뒤섞인 음식과 흙과 나이 든 사람의 냄새가 뒤섞여 있었다. 엄마의 품 안에서 나는 파우더 냄새와는 다른 향이었다. 나는 외숙모의 냄새를 썩 좋아하지는 않았다. 그래도 외숙모의 품에 안겨 그 냄새를 맡는 것은 좋았다.

외숙모의 자식들은 이미 다 커서, 유난히 또래보다 작고 마른 나를 앉혀놓고 음식을 먹였다. 외숙모가 만들어 준 콩잎과 직접 기름을 바른 김, 된장찌개를 좋아하는 나를 보고,

"아이고 아이고, 요 녀석 할미 입맛이네."

라며 추임새를 붙였다. 그렇게 말하면서 외숙모의 입은 언제나 귀에 걸려있었다.

외숙모의 밥이 유난히 맛있기도 했지만, 내가 밥 먹는 모습을 보고 좋아해주는 외숙모의 표정을 보려고 나는 계속 밥을 먹었다. 한 번은 갓 구워 들기름을 바른 김에 밥을 여섯 그릇이나 먹었다. 외갓집에서 집으로 돌아가는 날이면 부쩍 통통해졌었고, 나를 데려온 엄마는, "아이고 잘 먹었었나 보다." 하고 안심의 눈빛을 보냈다. 외숙모는 이십 년이 지난 아직까지도 밥을 여섯 그릇 해치우던 나의 유년 시절을 이야기하곤 한다.

밥을 여섯 그릇씩 먹던 어느 방학에는, 외숙모가 물었다.

"집에서 밥을 잘 안 주나?"

나는 눈치가 빠른 아이였다. 집에서 밥을 준다고 하면 잘 먹고 다니는 아이구나 하고 외숙모가 나에게 이제는 밥을 안 줄 것 같고, 안 준다고 하면 내가 엄마 편이 아니라 외숙모 편이 될 수 있을 것 같았다. 엄마는 밥을 자주 해주었지만 나는 괜히 내가 만든 조악한 밥상들을 떠올리며 말했다.

"제가 해먹어요, 엄마는 잘 안 해줘요, 음식이 맛이 없어요."

"계란후라이를 해서 도시락 김이랑 먹어요. 스팸이랑 먹어요. 제가 구워요. 냉장고에서 외숙모 김치를 꺼내어서 먹어요."

엄마는 예정보다 빨리 외갓집으로 날 데리러 왔다. 둘은 꽤 길게 대화를 했고, '밥'이라는 단어가 계속해서 들렸다. 외숙모는 돌아가는 엄마의 편에, 평소보다도 훨씬 많은 반찬을 건넸다. 냉장고가 꼭 찰 만큼 많은 양이었다.

엄마는 돌아가는 길 차 안에서, 낡은 시골의 풍경들을 스쳐지나 보내며, 강한 엄마답지 않게 울먹임이 가득한 목소리로 자꾸만 내게 말을 걸었다.

"내가 언제 밥을 안 먹였니, 내가 무얼 못해주었니, 널 위해선 모든 걸 하는 나인데, 왜 너는 몰라주니, 다 널 위해서인 걸 왜 모르니."

엄마는 이제 외숙모만큼 쪼글쪼글한 살을 가진 늙은 할머니가 되어버렸다. 아무 로션이나 대충 얼굴에 찍어 바르고, 시장에서나 살 법한 싸구려 옷을 입는다. 겁이 너무도 많아 작은 것에 무서워한다. 화장품 냄새가 풍기는 나의 얼굴을 만진다. 이제는 아무도 부러워하지 않을 것 같은 우리 엄마의 집으로 가면 외롭고 쿰쿰한 깻잎 향이 난다. 물렁거리는 엄마의 살을 늘어뜨린다. 나이 든 살에 코를 박고 냄새를 맡는다. 손자를 바라보는 할머니의 미소를 본다. 늙은 나의 엄마는 내가 집으로 오는 날에는 상다리가 부서지도록 밥을 차린다. 나의 한 숟갈 한 숟갈을 눈으로 바라본다. 여섯 그릇을 먹어낼 때까지, 엄마는 먹지도 않고, 나를 바라만 본다.

주인집 할아버지

　오랜만에 밀린 청소를 하고 있었다. 올해가 반이나 지나갔는데, 내가 이 집에 있던 건 한 달도 되지 않는다. 빈집의 냄새가 나서 견딜 수가 없었다. 냉장고에는 상한 반찬들이 가득했다. 이곳저곳 떠도는 삶을 사는 내가 모은 기념품들은 먼지에 뒤덮여 있었다. 창문을 열고, 음악을 크게 틀고 더 이상 필요하지 않은 것들을 한 군데 모으고 바닥에 널브러진 쓰레기들을 한데 모았다. 싱크대의 물때와 가스레인지의 기름때를 닦았다. 더 이상 입지 않는 유행이 지난 옷들을 비로소 버리는 중이었다.

　주인집 할머니는 인기척을 듣고 우리 집으로 올라오셨다. 내가 집에 머물 때면 할머니는 매일 같이 우리 집이 있는 옥상으로 올라오시는데, 주로 잔소리를 하거나 할아버지의 험담을 하거나 나의 살이 찌고 빠짐에 관해 이야기했다. 심심하신 탓이다. 팔십이 넘은 할머니의 목소리는 동네에서 제일 크다. 귀가 잘 들리지 않기 때문이라고 생각했다. 나는 할머니가 작은 소리로 말해도 잘 들리는데도 언제나 가능한 가장 큰 소리로 나를 부른다. 좀 전에도 그랬다.

시내 왔구나.

네, 저 왔어요.

그래, 이번엔 어디 갔다 온겨?

집에도 내려갔다가, 제주도에 머물다 왔어요. 생각보다 오래 있었네요.

할아버지가 죽었어.

네?

할아버지가 죽어버렸어.

언제요?

방금 할아버지가 죽어버렸어. 이제 할아버지를 가지러 병원에서 온대. 얼마 전에 퇴원했는데. 삼육서울병원에서 가져갈 거야. 곧 차가 온대.

주인집 할머니는 울지도, 웃지도 않는 표정으로 할아버지의 죽음을 내게 알렸다. 너무 아무렇지도 않게 말해서, 나는 어떻게 반응을 해야 할지 몰랐다. 말들은 응당 일어날 만한 일인 것마냥 어떠한 음정의 변동 없이 들렸다. 할머니는 할아버지의 죽음을 알리고는 쓰레기를 언제 비워야 하는지, 요즘 단속이 심하니 분리수거를 얼마나 꼼꼼히 해야 하는지 할머니는 커다란 목소리로 한참을 말했다.

대화는 할아버지의 죽음으로 시작해서 쓰레기 수거로 끝났다. 할머니는 내 건강이 문젠데, 할아버지가 죽은 게 무슨 소용이냐며 중얼거리다가 옥상의 닫힌 문을 열었다. 등이 예전보다 한참은 더 굽은 채로, 내가 드린 홍삼진액을 한 손에 쥐고 가파른 철제 계단을 내려갔다.

나는 굽은 뒷모습을 한참 바라보다 아무렇지도 않게 다시 빨래를 널고, 이불 커버를 넣은 세탁기를 다시 돌리고 음악의 볼륨을 높이고 행주의 물기를 짰다. 행주의 물기를 짜며 할아버지의 시신이 이 낡은 연립주택을 빠져나가는 상상을 했다. 건조대 위에는 할아버지의 양말과 내의와 당고바지가 아직도 펄럭거리고 있었다.

할머니는 한 시간도 채 안 되어 다시 옥상에 올라왔다. 펄럭임이 멈춘 할아버지의 옷가지들을 빼내고 이불은 이쪽에 널고, 쓰레기는 오늘 밤에 꼭 내놔야 한다고 다시 한 번 당부를 하고 병원으로 향한다고 했다. 시신을 가져갔다고 했다. 주인집 할아버지는 기척도 없이 낡은 연립주택을 빠져나갔다.

나와 주인집 할아버지는 사이가 썩 좋은 편은 아니었다. 할아버지는 나뿐만이 아니라, 그 누구와도 사이가 좋지 않았다. 할아버지가 세상의 모두를 싫어하기 때문이라고 생각했다. 할머니는 저놈의 할아버지, 얼른 죽어야 한다고, 콱 죽었으면 좋겠다고, 매일 같이 내게 말했다. 대학생이던 23살부터 지금까지 나는 그 소리를 수백 번도 더 들었다. 내가 사는 옥탑은 좁고 낡긴 하지만 보증금 100만 원에 월세가 20만 원인 집이라고 하기에는 과분하다. 학교까지 1분밖에 안 걸리는 장점이 있음에도 옥탑 세입자들은 금방 방을 빼버렸다. 이곳에 방을 넘겨준 동기는, 아직도 거기 사냐고, 너니까 거기 있는 거라고, 할아버지의 극성을 어떻게 버티냐고 나를 볼 때마다 말했다.

할아버지는 조금만 방에서 소리가 들리면 벌컥벌컥 문을 열고는 했는데, 그러지 마시라고 몇 번을 얘기해도 잘 고치시지 않았다. 한 번은 샤워를 끝내고 나왔을 때도 문을 벌컥 열어 나는 울고 불며 난리를 쳤다. 그 이후로 할아버지는 늘상 하던 잔소리를 멈추었다. 매번 인사를 건네는 내게 무시로 일조하던 예전과 달리 웃으며 인사를 해주기도 했다. 할아버지는 언제부터인가 밖에도 잘 나오시지 않았다. 옥상엔 거의 올라오지도 않아서, 내가 할아버지를 볼 때는 철제 계단을 내려와 주인집을 스쳐 나가는 길과 우연히 할아버지가 담배를 피우는 시간이 맞을 때뿐이었다. 가끔 주인집 할머니가 밥을 많이 했다고 내려와서 밥 먹으라고 부를 때도 있었지만, 나는 할머니의 수다와 할아버지의 냉랭함을 겪으며 밥을 삼키고 싶지 않아 번번이 제안을 거절했다.

할머니가 할아버지 칭찬을 한 건 이곳에 사는 6년간 딱 한 번뿐이었는데, 내가 새로 나온 나의 책을 할머니 편으로 전해드렸을 때였다. 할머니는 며칠이 지나지 않는데도 옥상으로 올라와 내가 글을 얼마나 잘 쓰는지, 얼마나 용감한 아이인지, 할아버지가 내가 건넨 책을 읽고 말했노라고 내게 전했다. 할아버지가 옛날 사람인데도 글을 읽을 정도로 똑똑한 사람이라고, 자신은 글을 모르는데도 할아버지가 읽어주고 알려준다고 한참을 내게 자랑을 하다가 내려갔다.

주인집 할아버지는 종종 내 칭찬을 하곤 했다. 주로 할머니를 통해서였는데, 내가 나온 어느 TV 프로그램 – 정말 아무도 보지 않는 것들이라 할아버지가 어떻게 보았는지 궁금한 – 에서 내가 제일 나았다던지, 말을 똑똑하게 잘 한다던지, 돈을 많이 벌어서 이곳을 나가겠다던지 많은 이야기들을 할머니를 통해 했다. 가끔 내가 치장을 하고 나가는 날이면 그렇게 곱게 차려입고 이 늦은 시간에 어디 가냐고 꾸중이 섞인 말들을 건넸다. 나는 할아버지가 참 옛날 사람이라고 생각했다. 팔십이 넘었다고 생각하면서도, 늙지 않았다고 생각할 때도 있었다.

6년이 지나는 동안, 집세와 보증금은 한 번도 오르지 않았고, 한 번 집세를 내지 못한 날에도 처음과 다르게 한 달이 지난 후에야 조심스레 말을 건넸다. 어느 한파에, 뜨거운 물을 틀어놓지 않아 수도가 두 번이나 터졌을 때도 뭐라 하지 않았고, 전기코드를 다 꽂은 채로 여행을 떠났을 때조차도 더 이상 잔소리를 하지 않았다. 나는 어느 순간부터 집문을 열고 다녔는데, 할아버지 할머니가 한순간도 빠짐없이 철제 계단을 오르내리는 사람들을 잡아 우리 시내가 사는 집인데 누구냐고 추궁을 하는 덕이었다. 내 친구가 짐을 주러 오거나, 배달 아저씨가 올라올 때도 뭐라고 하는 탓에 가끔 난처할 때도 있었지만, 자물쇠보다 할아버지와 할머니는 강했다.

열쇠를 맞춰야겠다는 생각이 들었다. 할아버지의 가족들은 왜 이렇게 가끔씩만 집에 오는 것인지 궁금하다가 할아버지의 펄럭이는 당고바지가 생각이 나서 할머니 걱정을 하다가, 할아버지의 잔소리가 생각이 나다가 그렇게 슬픔이 갑자기 쏟아졌다. 기척 없이 떠난 할아버지의 차가운 몸을 떠올리다가 눈물이 몰려왔다. 숨을 헉헉대며 폐의 공기를 다 뿜어낼 듯한 커다란 울음은 아니었고, 눈의 끄트머리가 당기며 연약하게 차오르는 눈물이었다.

정작 할아버지가 죽었을 때, 할머니는 잘 죽었다고, 갈 때가 되어서 간 거라는 말도 하지 않고 할아버지를 보냈다. 나는 할아버지한테 책을 잘 읽어줘서 고맙다고, 밥 먹을 때 초대해 주어서 고맙다는 말도 하지 않고, 몇 년을 안녕하세요 말고는 아무 말도 안 한 채로, 할아버지를 보냈다.

할아버지가 죽었는데도, 동네는 조용하고, 하늘은 맑고 빨래는 어김없이 금방 말라버렸다. 바람도, 태양도, 할머니도, 나도, 그 누구도 할아버지의 죽음을 슬퍼하지 않는다. 나는 그래서 슬픔이 몰려왔다. 눈물이 쏟아졌다. 할아버지의 기미가 촘촘히 박힌 살들과 스쳐 지나갈 때마다 나는 노인의 냄새가 그리워졌다. 내 몫까지 차려져 있는 주인집의 밥상이 생각이 났다.

여느 이별

　내부가 나무로 만들어진, 독특한 나무 향이 익숙한 카페로 향했다. 그의 집인 홍릉 우리가 다니던 학교가 있는 청량리 그사이 어딘가에 있는 카페였다. 그와 헤어지기 위해서였다. 조각을 전공하는 나와 숫자를 다루는 남자의 건물은 꽤 멀리 있어 어차피 내가 동아리만 그만두면 마주칠 일이 없을 터였다. 알게 된 지는 꽤 됐지만, 어차피 한 달밖에 안 만나서 서로의 추억도 적었다. 마음을 단단히 먹었다.

　이별하는 순간에는 근처에 있는 누구라도 알아챌 만한 적막한, 말로 담을 수 없는 음울과 적막의 기운이 흐른다. 최대한 다른 사람들과 떨어져 있고 카운터에서도 가장 먼 곳에 있는 자리로 일부러 골라 앉았다. 울적한 적막을 깨고 이별의 운을 띄웠다. 내 말이 끝나자, 남자는 이미 내가 들어오는 순간부터 느꼈다고 말했다. 내 눈이 말하고 있었다고 말했다. 그리고 남자는 물었다.

"그런데, 왜 헤어지고 싶은 거야?"

나는 곰곰이 어제의 나를 되짚어 본다. 얼굴이 붉어지다가, 아무렇지 않은 척 대답한다.

"그냥, 더 이상 오빠가 좋지 않아서. 미안해."

*

그 시절의 나는, 그러니까 갓 스물을 넘겼을 때부터 첫 세계여행을 떠난 스물둘 사이의 나는 연애를 습관처럼 했다. 운동하지 않으면 불안해하는 사람들처럼, 매일 밤 유튜브를 보지 않으면 잠자리에 들지 못하는 사람들처럼, 술 없이는 하루를 버틸 수 없는 사람처럼, 연애는 적은 비중으로도 떼어놓을 수 없는 가장 중요한 것이었다. 길면 석 달, 짧으면 한 달도 가지 않았다. 혼자인 기간이 한 달이 넘을 때가 없었다. 사랑이 무서웠지만 그 사랑이 참으로 무섭던, 나약하고 불안한 시절이었다. 그 시절 스쳐 간 사람들의 이름이 기억 속에 모호하게 남았을 정도로 그렇게 얄팍한 연애였다. 그렇게 많은 사람에게 사랑을 받으면 내

결핍들이 채워질 거라고 굳게 믿고 있었다. 나는 그저 내 이름이 불리는 순간들을 좋아했다.

진심을 다하는 조각가라면 조각을 할 때 흙으로 형체를 만들고, 커다란 조각을 손 하나하나 다듬지 않은 곳 없이 단단히 만들어야 한다. 그래야 석고를 붓고, 굳은 것을 떼어낼 때 어느 곳에 구멍 하나 없이 말끔하다. 꼼꼼히 작업하지 않으면 석고 여러 군데 뚫려있는 구멍을 막는 빠데 작업을 해야 한다. 그마저도 제대로 못 하면, 석고는 쩍 갈라진다. 내 작업은 늘 그랬다. 흰 석고에 노란 빠데가 잔뜩 붙어 있거나, 갈라진 석고를 다시 붙이느라 어딘가 균형이 맞지 않았다. 과정이나 그렇지 결과로 따지면 어차피 똑같이 멀끔하게 보였다.

연약하고 얄팍한 것들은 깨지기 마련이라고, 내 조각들처럼 내 연애도 그랬다. 늘 구멍투성이에 쉽게 깨졌다. 사랑해서 사랑하는 게 아니라, 사랑받기 위해 사랑했다. 사랑을 받기 위해 여러 모습을 만들었다. 내가 견고하게 만든 허상의 나는 누구나 좋아했으니까. 얄팍한 것들은 쉽게 깨진다. 사랑도 그랬고, 내가 만든 모습들도 그랬다. 나는 계속해서 빠데로 범벅된 모습으로 살았다. 내 구멍을 보여주는 일도, 그 구멍을 다듬는 일도 내게는 너무 끔찍한 일이었다.

뭐든지 잘하는 나, 여유로운 집에서 자라 온 나, 화목한 가정에서 많은 사랑을 받아온 내가 나였으면 했지, 온종일 아르바이트만 하며 생활비를 메꾸는 나, 결핍된 사랑을 받으며 자라 온 나, 능력이 없는 나는 내가 아니었다. 사랑 같은 건, 아니 사랑처럼 타인과 무자비할 정도로 가까워질 수 있는 것들은 진짜 나를 자꾸만 드러내려고 했고, 나는 그게 끔찍할 만큼 싫었다. 그래도 괜찮다. 그 전에 다시 타인이 되면 되니까, 나를 드러낼 만큼 가까워지지 않으면 되니까. 그게 더 쉬웠다.

*

남자와 만나게 된 건 학교에 있던 자전거 동아리를 가입했을 때였다. 동아리방에 있는 자전거를 마음껏 이용하기 위함이었지만, 생각보다 꽤 열정을 가지고 활동에 임했다. 사람들과 함께 자전거를 타고 한강으로 나가는 건 스물한 살이던 내 마음의 간지러운 부분을 충분히 긁어줄 만한 일이었다. 수업이 없는 시간에는 동아리방에서 잘 수 있던 점도 꽤 매력적이었다.

처음으로 회식에 나간 날 남자를 보았다. 동아리방에서는 안 보이던 사람이었다. 이상하게 계속 시선이 갔다. 테이블의 다른 사람들도 그에 관해 이야기했다. 오래된 기억의 파편들이라 철저히 뭉개져 버린 탓에 무슨 이야기였는지 기억은 안 나지만, 그에 관한 칭찬이었던 것 같다. 유난히 어른스러워 보였고, 여유로워 보였다. 첫인상만큼은 생생하다. 나와 무려 9살 차이라는 소리를 듣고, 영영 알 길이 없다고 생각했으나 우리는 수많은 사람 속에서 천천히 가까워졌다.

기억의 한 조각은, 사람들과 놀러 간 그의 자취방이 당시 나와 엄마가 살던 집의 세 배 정도 되는 크기였고, 다른 기억의 한 조각은 그는 아르바이트를 해본 적이 없었다는 것이다. 소위 말하면, 나와 다른 세계에 사는 왕자님 같은 사람이었다. 스물아홉까지 여유 부리며 학교에 남아 있는 것도 분명 그런 이유라고 생각했다. 또 다른 기억의 한 조각은, 내가 어려서 그런지, 남자가 품이 커서 그런지, 내가 조잘거리는 이야기들을 말을 끊지 않고 끝까지 차분하게 들어주고, 그에 걸맞은 반응 같은 것도 잘하는 사람이었다. 또래 애들과 달랐다. 인도를 다녀왔다는 점도, 세계여행을 앞두고 있던 점도 매력적이었다.

홍릉과 청량리 어딘가의 카페에서, 나는 나를 사랑스럽게 바라보는 그를 보며 조잘조잘 나의 여행 계획에 대해서 떠들었다.

"휴학해서, 쓰리잡을 뛸 거야. 왜, 이런 말 유치하지만 고생도 청춘이잖아. 돈을 이만큼을 모아서, 나는 여러 나라를 여행할 거야. 오빠처럼,

인도에도 갈 거야. 오빠가 자꾸 인도가 좋다고 하니까, 나는 인도가 무섭지 않고 막 더 가보고 싶고 그래. 인도에서, 어디가 제일…"

시내야, 하고 남자는 내 말을 끊었다.

남자는 내게 말했다.

돈보다 중요한 것은 젊음이라는 것, 그렇게 아르바이트를 하면서 청춘을 썩힐 필요가 없다는 것, 부모님께 조금 도움받는 것은 부끄러운 게 아니라는 것, 본인 또한 부모님 지원으로 인도 여행을 다녀왔으나, 느낀 건 충분히 차고 넘쳤다는 것, 그러니 왜 굳이 나서서 억척같이 살아, 시내야.

남자 특유의 아주 다정한 어투들이 귀에 가시처럼 박혔다. 내 모든 결핍들을 콕콕 찔렀다. 부끄러웠다. 창피했다. 나도 그러고 싶다고 몇 번이나 마음속으로 소리쳤다. 그날 밤 집에 돌아가 밤새 나는 생각했다. 내가 모난 건지, 남자가 모난 건지, 내 상황도 모르며 말을 하는 남자가 미운 건지, 모든 것을 포장해 온 내 모습들이 미웠던 건지, 나의 심술인 건지, 남자의 심술인 건지. 남자가 부러운 건지, 청춘이란 단어로 포장한 가짜의 나를 부러워한 건지.

*

끝내 그는 이별의 이유를 모른 채 헤어졌다. 나는 휴학을 했고, 곧장 여행을 갔고, 그는 그 시간 어딘가에는 졸업했을 터였다. 시간이 한참 지난 지금도 이름조차 기억나지 않는 남자의 생각을 한다. 내가 좀 더 인도에 일찍 가서, 가난과 배경은 나를 먹칠하는 것들이 아님을 미리 깨달았다면, 그래서 진실한 나를 보일 수 있었다면, 우리는 오래 만날 수 있었을까. 그가 내 몸에 뚫린 구멍들을 메워줄 수 있었을까. 내 고름 들을 닦아줄 수 있었을까. 그렇게 다른 결말을 맞았을까. 그래서 우리 는 서로의 인도에 대해서 떠들었을까.

아마, 아닐 거다.

오후 3시 48분의 대화

"그러면 너는 어떤 사람이 싫은데?"

"나는… 부자연스러운 사람들이 불편해. 싫어하는 건 아니고. 왜 있잖아. 그런 사람들. 말과 행동을 시작할 때 타인의 시선을 염려하고 걱정하는 사람들. 매번 도를 넘는 공감을 하는 사람들. 본인을 자조적으로 바라보고, 남을 지나치게 배려하는 사람들. 매번 상대의 속도를 못맞추고 너무 느리거나 빠르게 다가와 인간관계가 어려워지는 사람들. 말을 하고 싶지 않으면 안 하면 되고, 듣고 싶지 않으면 안 들으면 되고, 말을 하고 싶으면 하면 되는데 그게 반대로 나오는 사람들. 타인에게 에너지를 온통 쏟아 자신을 돌볼 줄 모르는 사람들. 눈치를 지나치게 많이 보지만 눈치가 없는 사람들. 미움받고 싶지 않은 사람. 사랑받고 싶은 사람, 그래서 사랑받는 사람들의 행동을 따라 하는 사람. 나쁜 사람이 되고 싶지 않은 사람. 쓸데없는 친절을 베푸는 것도 싫어. 난 그런 사람들이랑 못 친해지더라."

"지독하게도 복잡하네. 난 네가 이렇게 내 질문을 미리 알고, 대답을 몇 날 며칠 준비한 사람처럼 말할 때 웃기더라. 음, 그러면 좋아하는 종류의 사람은?"

"ㅋㅋㅋㅋㅋ. 하필 자주 떠올리고 생각 정리를 한 것들만 네가 물어본다니까? 나는 자연스러운 사람이 좋아. 즐거울 때는 춤을 추고, 슬프면 눈물을 혼자 흘릴 줄 아는 사람. 좋아하는 노래 한 곡쯤은, 노래를 못 불러도 용감하게 들려주는 애들. 모임 같은 데 가면 청자랑 화자 둘 다 하는 애들. 보통 한쪽을 더 잘하거든. 아니면, 아주 순수해서 부자연스러운 사람들. 그런 사람 있잖아. 좋아하는 사람 앞에서 뻣뻣하게 굳어버리는 사람들. 진실한 말을 전할 때 말을 머뭇거리는 사람. 그럼에도 날카로운 질문을 던졌을 때 곰곰이 생각하고 진짜 생각을 말하는 사람. 어딘가 어색한 게 밉지가 않아. 그리고 이건 보너스 점수인데, 책을 많이 읽거나, 사람의 말을 경청하는 사람. 혹은 세상을 많이 경험해서 이해의 폭이 넓은 사람들. 세 개를 다 바라지도 않아. 셋 중에 딱 하나면 돼. 그런 사람들은 나중에 늙으면 주름도 예쁠 것 같아."

"얼굴이 못생겨도?"

"응, 얼굴이 아주 완벽히 못생겨도."

"남의 말 잘 듣는 사람은 그래도 꽤 많은데?"

"아니, 사실 많은 사람들은 이야기를 진심으로 듣지 않아. 그런 사람 의외로 별로 없어. 대부분 상대의 반응을 보거나, 좋은 반응을 이끌기 위해 그냥 추임새 넣듯이 대답하는 사람이 많더라고. 그냥 비언어적인 표현을 관찰하는 거지. 언어의 관성 같은 거야. 그냥 학습한 대로 반응이 나와. 남의 말을 잘 듣는 사람들이야말로 진심 어린 위로를 전할 수 있는 사람이라고 생각해."

"그러는 너는 어떤 사람이 싫은데?"

"나는 무례한 사람."

"그건 나도 싫어. 솔직한 거랑 무례한 거랑 구분을 못하고 말을 툭툭 던지잖아. 거기엔 꼭 누가 다치고. 아까 내가 싫다는 사람들이, 가끔 이 상한 데서 무례해지거든. 그게 진짜 모습일까 봐 더 싫은 것 같아. 그럼 너는 대체 어떤 사람이 좋은데?"

"나는 네가 싫다고 한 사람의 유형. 난 왠지 끌리던데 그런 사람. 그냥 자꾸 눈이 가. 안쓰럽고, 챙겨주고 싶고. 생각해보니 연애도 다 그런 애들이랑만 한 것 같은데."

"아니 그거, 사랑이 아니라 동정 아냐? 게다가 네 연애 다 실패했잖아. 집착하거나, 지치게 하거나, 네 마음의 크기를 가늠하다 조마조마해져서 먼저 끝내거나."

"응. 근데 너처럼 따박따박 말대꾸하는 사람보다 나아."

"그건 맞지. 나도 나 같은 사람 싫어. 근데 너 같은 사람들은, 원래 그런 불안정함에 끌리는 거야?"

"그건 아닌데, 그런 사람들 보통 결핍 같은 것들이 있거든. 더 기대고, 내 앞에서 울어버리고, 처음에 그랬던 사람들이 단단해지는 과정이 좋아. 홀로서기를 가르치는 거지. 작년에 A랑 사귈 때는 내가 예수님이 된 기분이었어."

"변태에 자의식 과잉이네. 그냥 누군가를 사랑하는 네 모습에 취한 거야. 그거. 넌 꼭 잘 나가다가 역겨운 구석이 꼭 있다니까."

"그러는 너는, 변태 또라이잖아. 너랑 떠드는 게 재밌지만 않았어도 나는 너랑 열 번도 넘게 절교했어. 따박따박 대드는 태도가 재수 없는데 자꾸 이야기를 끄집어내."

"ㅋㅋㅋㅋㅋㅋㅋ. 응. 막, 처음에는 오랜만에 만나서 어색하다가 금세 아무 말이나 막 하고, 얘기가 산으로 흘러가도 둘 다 눈치 못 채고. 맨날 똑같아."

"좋은 이야기로 시작하다가 꼭 끝은 이상하게 끝나잖아. 만난 지 10분까지는 서로 멋진 척하고, 50분까지는 흥미롭게 이야기에 빠지고, 나머지 10분 때문에 결국 우리가 한심한 인간인 걸 서로 알아채 버려."

"그러니까. 새벽 세 시에 술 취해서 할 얘기들을 오후 세 시에 커피 마시면서 말하네. 너랑 있으면 햇살에 취한다니까."

"그래서 너랑은 평생 술 안 마시려고. 나는 재미없는 애들이랑만 술 마시게."

"응. 나도 너랑은 안 마시려고. 술과 밤과 감정이 맞닿으면 세상에서 제일 무서운 병기가 되는 거 알지. 거기에 너까지 끼면 진짜 난장판일 걸. 네가 너무 역겨워서 머리끄덩이를 잡아버리거나 갑자기 네 이상한 대화에 꽂혀서 네가 좋아질까 봐."

"윽."
"나도 으윽."

"잘 듣고 잘 읽고 잘 다니는 사람이나 만나셔. 난 꿈도 꾸지 말고.
기대지도 말고, 울지도 말고."
"이왕이면 다홍치마면 더 좋겠네. 그리고 이미 다섯 번은 울었다. 기
대려고 운 건 아니고, 그냥 나 우는 거 보라고."
"그래. 울어라."

"다음 주제는 네가 정해."
"불행은 우리를 좀먹을지, 불행이 우리를 예술가로 만들지. 어때?"
"그러던가."

사랑이 어려운 어느 화요일

신이 있다면 혹시 내게 장난을 치나, 아니면 누가 어제 내가 마시는 맥주에 갑자기 없던 용기를 잔뜩 불어 넣어주고 힘이 샘솟는 이상한 마약을 몰래 넣었나, 아니면 내가 먹은 음식 중에 얼굴을 더 두껍게 만드는 단백질 같은 것들이 있었나.

생면부지의 남자한테 다짜고짜 데이트 신청을 하는 멍청한 인간은 적어도 내 주변에는 나밖에 없을 거라는 생각이 들었다. 그것이 아무리 카오산로드일지라도.

아무리 생각해봐도 미친 짓이 분명했다. 39도나 되는 위스키 한 병을 탈탈 털어놓았을 때 나는 반쯤 정신이 나가 있었고, 문득 꽤 오랫동안 데이트를 해보지 못했다는 생각이 들었다. 술의 영향인지 내가 너무 가엽기도 했고, 왜 아름다운 청춘을 홀로 썩혀야 하냐는 유치한 용기도 들어서일 거다.

같이 나온 친구들과 잘 놀던 나는 갑자기 자리를 박차고 일어나 시끌 벅적한 거리의 한 테이블에 다짜고짜 앉았다. 일본에서 왔다는 타이키 와 류, 그리고 한 명은 이름이 잘 기억나지 않는다.

시답잖은 이야기를 하다가 마침 우리가 있는 곳이 문을 닫을 시간 이 와서 그중 가장 나랑 멀리 떨어져 있는 타이키에게 말을 건네고, 재 빠르게 도망쳤다.

"너 내일 나랑 밥 같이 먹을래? 쟤네 말고 둘이서만. 생각 있으면 연 락해."

침대에 누웠더니 갑자기 술이 깬다. 수많은 생각들이 들었다. 싸구려 위스키가 목구멍을 뚫고 입천장 아래로까지 달려온다. 이불을 발로 몇 번이고 찼다. 찰 때마다 에어컨 바람에 몸이 시려서 다시 덮긴 했지만 그래도 계속 이불을 찼다.

평소의 나라면 하얗고 반듯해 보이는 그 애에게, 분명 정중한 방식 으로 말을 건넸을 거다. 당연히 연락 안 오겠지. 아니 차라리 제발 안 왔으면 좋겠다.

여러 생각이 교차할 때쯤, 메시지가 왔다는 알람이 떴다. 내일 보자

어디에도 없는   133

는 메시지였다.

약속 시간을 정하고, 나는 머리가 핑그르르 돌아가는 채로 잠에 들었다. 취했지만 스펠링을 틀리지 않도록 주의했다.

아침에 일어났을 때는 정말이지 내가 어제 한 짓들이 기억이 나는 게 원망스러울 정도였다. 차라리 모든 기억을 잃을 지경까지 마셔버릴걸. 그래서 기억마저도 마셔버릴걸.

한 시간 반 정도 남았나. 그래, 이왕 이렇게 된 거 최선을 다하기로 하자. 분주하게 옷을 뒤적여 본다. 이미 땅에 한 번 떨어트려 부수어진 아이섀도 팔레트를 꺼내어 촌스러운 코랄색을 눈가에 바른다. 오늘따라 얼굴 꼴이 말이 아니다. 심지어 옷가지들도 다 어디서 주워온 것 같은 옷밖에 없다. 내 머리칼로부터 비껴져 나온 샴푸의 잔여물로 대충 빨았더니 모든 옷마다 얼룩이 져있다. 먹을 때 흘리는 습관이 있는 탓이기도 했다. 제일 고치고 싶지만 고쳐지지 않는 습관 중 하나다. 커피 얼룩, 간장 얼룩, 무엇인지 모를 불그스름한 얼룩도 있다. 얼룩투성이인 내 매일 같아서 갑자기 웃음이 나온다. 옷도 주인을 닮아 천방지축이구나. 머리를 묶으려 하니, 지저분하게 땋아진 알록달록 드레드가 내 꼴을 더 우습게 만들었다.

늦지 않기 위해 오토바이 택시를 탔다. 바람이 머리칼을 때렸다. 막상 나오니까 기분이 그렇게 나쁘지는 않았다. 새로운 하루가 기대되었다. 그 애는 오늘이 여행할 수 있는 마지막 날이라고 하던데, 시간 아깝지 않도록 들려줄 이야기를 생각하다 보니 어느새 도착이다. 카페의 입구에 서서 조금 기다리고 있으니 누군가 내 이름을 불렀다. 타이키였다. 아침에 보니 더욱이나 멀끔한 친구였다. 하얀 피부에 수줍은 미소를 가진 얼굴, 목소리가 특히 좋았다. 그를 그리려면 분명 가장 비싸고 우아한 빛의 물감을 써야 할 거다. 내가 좋아하는 펄화이트 같은. 비싸고 맛있는 커피를 마시며, 먼저 사과를 건넸다. 어제는 잠시 미쳤던 것 같다고, 평소에 이렇게 모르는 남자에게 다짜고짜 밥을 먹자는 당돌한 여자애는 아니지만, 어제는 왠지 그러고 싶었다고. 그래도 좋은 친구를 만난 것 같아서 다행이라고. 해명하지 않아도 되지만 나는 어째선지 나를 계속 해명했다.

"근데, 너는 왜 내 제안을 수락한 거야?"

"어떤?"

"오늘 데이트 말이야. 데이트 맞나? 너는 내일모레 일본으로 돌아가야 하고, 친구들이랑 같이 왔고, 이렇게 카페에서 나랑 수다를 떨기에

는 시간이 아까울 것 같아서. 내가 짧은 기간 여행 온 거라면 나는 그
랬을 것 같아."

"글쎄, 나도 어쩌면 어제의 너처럼 취했나 보지. 아니면 그렇게 당차
게 말하고 도망가는 네가 귀여웠나 봐."

"너는 원래 그렇게 느끼한 말들을 아무렇지도 않게 해?"

"글쎄, 솔직한 거지."

타이키는 내게 일상적인 이야기들을 건넸다. 대학 생활이나 취미, 과
거 연애 같은 소소한 이야기였다.

나는 말을 직설적으로 하는 편인데 타이키는 어떠한 오해 없이 내
말을 받아들였고, 타이키 역시 돌려 말하는 편은 아니었다. 나는 직설
적이고 타이키는 솔직한 편이라는 게 더 맞는 말이겠다. 대화가 좋았
다. 자신에 대한 확신이 찬 사람들은 어떤 말이든 곡해 없이 받아들인
다. 타이키의 눈에서는 그게 보였다. 사랑받고 자라 온 사람의 무언가
가 보였다. 삶과 상황에 단단한 확신이 있었다. 우리는 짧은 시간 안에
가까워졌고, 나는 그래서 두려워졌다. 벌써 해가 저물어 가고 있었다.

수박주스를 마실수록 정신은 바짝 들었지만, 나는 피곤하다는 핑계
로 숙소에 들어가야겠다고 했다. 고작 저녁 6시였다. 타이키는 어이없

다는 건지, 아쉽다는 건지 알기 어려운 눈빛으로 날 쳐다보았다.

　나는 내일 치앙다오로 떠날 예정이었고, 타이키는 내일모레 출국이라 이게 우리의 마지막 인사라는 것을 그도 나도 알았다. 섭섭한 말투가 말에서 툭툭 묻어나왔다.

　자정이 다 되어 가도록 침대에서 데굴거렸다. 새벽 비행기라 빨리 자야 하는데 잠이 오지 않았다. 잠들려는 찰나 타이키에게서 연락이 왔다. 이곳으로 왔노라고, 잠시 나와줄 수 있냐는 물음에 나는 당연히 거절할 수 없었다.

　그가 말한 세븐일레븐을 찾기 위해 카오산로드에 있는 여러 개의 세븐일레븐에 들렀다. 시간이 많이 걸린 건 아니지만, 그는 한참을 기다린 눈치였다. 타이키는 날 보자마자 끌어안았다. 맥주 냄새가 났다. 울것 같은 표정으로 나를 쳐다봤다. 나는 고개를 돌렸다. 타이키는 내 손을 잡고 시끄러운 카오산로드를 벗어났다. 나는 손을 빼지 않았다. 길에 앉아 맥주를 마시는 사람들이 보였다. 그들이 무슨 말을 하는지 안들릴 만한 곳쯤 우리는 앉았다.

　나를 좋아한다고 했다. 목소리에 울음이 섞여 있었다. 하루도 아닌 반나절 만에 어떻게 그럴 수 있냐는 물음에 그는 그도 모르겠다고 대답했다. 영화 속에 갑자기 빨려 들어간 것마냥 이상한 세계로 끌려온 것 같다고 했다. 이런 느낌이 너무 혼란스러워서 눈물이 나온다고 했다. 하지만 확신한다고 했다. 어리지만, 자신의 감정을 모를 만큼은 어리지 않다고 했다.

나는 아니라고 했다. 곰곰이 다시 생각해보라고, 한 달이 지나고 두 달이 지나면 나 너의 기억 속에서 잊혀질 조각 중 하나가 될 것이라고 이런 감정들을 잘 알고 있노라고, 여행이 주는 마법을 아느냐고, 지나고 보면 사라질 거라고, 나 역시도 아는 감정이라고 아는 체를 했다. 나는 단 한 번도 타이키처럼 여행 중 누군가에게 내 마음을 전달한 적이 없었음에도. 타이키는 내게 물었다.

"너는 나를 좋아해?"
"아니. 나는 너를 좋아하지만, 너처럼 좋아하지 않아. 난 널 잘 몰라."

나는 어쩌면 너를 좋아할 수도 있겠지만, 내 마음에는 큰 빗장이 있어. 나는 그걸 열기가 너무너무 힘든 사람이야. 라고 내 마음 역시 대답했다.

타이키는 계속해서 내게 진심을 고했다. 몇몇 문장들은 언젠가 다른

이들로부터 들어본 문장이기도 했다. 그리고 나는 그런 문장들을 언제나 외면하고는 한다. 나는 사랑을 주는 것이 어려우니까 받지도 말자고, 단편적인 모습의 사랑들의 영원을 나는 믿기 어렵다고. 그러니 숭고한 아름다움으로 가득 찬 문장들의 앞에서는 잔뜩 겁먹었고 눈을 감아버렸다.

"내가 급하다는 걸 알고 있어. 그럼에도 내가 말하는 건 이렇게 말하지 않으면 네가 연기처럼 사라질 것 같았어. 우리가 함께한 화요일이 먼 곳으로 도망칠 것 같아서 무서웠어. 이 순간의 나의 마음이 기억되지 않을까 봐 걱정됐어. 네 미소를 다시 보고 싶어졌어. 네가 돌아올 때까지 기다릴 용기가 생겼어. 다른 여자들이 눈에 들어오지 않을 자신이 생겼어."

수많은 마음의 말들이 알록달록한 화살 옷을 입고 내 깊은 성벽들을 향해 공격하고 있었다. 나는 빗장을 더 세게 걸어 잠갔다. 나는 그에게 미안하고 부럽고 고맙다고 말했다. 언젠가 다시 볼 수도 있겠지만 약속은 할 수 없노라고 말했다. 나는 정말로 나의 마음도 모르는 사람이라고 대답했다. 그래서 미안했다. 네 용기가 부럽다고 말했다. 말을 하는 용기와 마음을 알 수 있는 용기. 나는 어쩌면 수많은 인연들을 용기가 없어서 놓쳤을지도 모른다. 나는 사랑이 시작되기 전에 도망치고, 도망으로부터도 스며들어 사랑이 결국엔 무르익으려 하면 그 직전에 도망쳐 버리곤 했다. 그리고 언제나 마음을 의심했다. 나를 속이는 건 어렵지 않았다. 모난 감정의 회피들을 쿨함이라는 착각 속에 살아오며 숱한 시간을 보냈다.

그래서 나는 사랑, 아니 정확히 말하면 사랑 후에 남겨질 것들에 대한 두려움이 없는 네가 부러웠다. 그리고 나는 당신이 고마웠다. 말을 내뱉는 순간의 당신이 너무나 건강해보였기에, 그 두려움의 실체가 견딜만할 것이라는 생각이 들었다. 당신처럼 용기 있는 사람이 되고 싶었다.

이 모든 감정을 당신에게 전했고, 당신 같은 사람이 되기 위해 나는 나를 찾는 여행을 계속할 것이라고 말했다.

그는 말없이 나를 안았다.

낡은 숙소의 로비로 옮겨와서도 나는 타이키를 달랬다. 타이키는 내게 아이처럼 안겨있었다. 세상의 모든 아쉬움들이 네 눈에 담겨 있었다. 지그시 네 눈을 바라보았다. 투명한 진심만이 가득했다. 벅찬 감정과 용기들이 내게 전해져 왔다. 우리는 한동안 아무 말 없이 서로를 안고 있었다.

"타이키, 정말 가야 해."

그렇게 나는 뒤돌아섰고, 돌아보지 않고 3층 계단을 올랐다.
화요일의 카오산로드는 그렇게 끝이 났다. 타이키의 기억 속에 나는
얼마나 오래 존재할 수 있을까. 또, 타이키는 나의 기억 속에는 얼마나
오랫동안 남아있을 사람일까. 아마 남은 긴 인생 속에서 밀려오는 마
음들을 온전히 받아들일 때마다 나는 가장 순수한 진심을 전하는 당신
을 떠올려 볼 것이다.

p.s

타이키는 일 년이 지나서까지 연락이 왔다. 그는 말했다. 내가 어디
에 있어도, 누구를 만나도 당신과 내가 다시 만나게 된다면 이야기는
시작된다는 것이다. 한 번은 내가 스쳐 가며 말했던 귀국 날에 맞춰 한
국으로 오는 표를 산 적도 있었다. 나는 귀국을 미루고 여행을 한참 더
했고, 그는 표를 버리게 됐다. 그 과정에서도 그는 아쉬운 소리 없이 내

게 말했다.

"시내, 미안해하지 마. 언제나 자유 속에서 살아. 네가 행복한 길이, 내게도 행복한 거니까. 너의 모든 선택을 존중해. 너는 모두를 미소 짓게 만드는 사람이니까. 네가 원하는 대로 해."

계절을 조금 더 보내고 그때보다 더 자란 내가 비로소 용기 있는 사랑을 시작하게 되었을 때에도 그는 내 사랑을 진심으로 축복해주었다. 우리의 짧은 여행은 끝이 났지만, 기억들과 그의 마음은 언제나 나를 토닥이고 있었다. 언젠가는 누군가 내민 손을 스스럼없이 잡는 사람이 되기를 바라면서. 진심 어린 고백을 의심하지 않는 사람이 되기를 응원하면서.

매순간 느낀다. 지금의 나를 만든 것은 내 스스로가 아니라 내가 만나고 느낀 것들이자 회피를 물리쳐낼 용기였다.

타이키는 문장 속에서 계속해서 말을 건다. 결국 나를 향한 아름다운 말들과 포옹의 따뜻한 온도를 의심하지 않는 사람으로 살아가라고. 버겁고 힘들겠지만, 사랑을 온전히 받는 사람만이 진정한 사랑을 주는 사람이 될 것이라며 화요일의 그는 여전히 글 속에 있다.

외로와서, 외로와서, 내가 외로와서

오늘도 주인집 할머니가 옥탑으로 올라오셨다.

오전 9시에 한 번, 정오에 한 번, 끝내 단잠을 깨우려 올라왔다.

외로와서, 외로와서. 내가 외로와서. 시내야, 우리 같이 살면 안

될까. 방이 세 개나 되는디, 네가 들어오면 될 텐데. 집이 할매

한테는 너무 커.

할머니는 연신 외롭다 말하며 두서없는 말들을 공기 중에 내뱉는다.

주인집 할아버지가 돌아가신 후, 할머니는 자꾸만 우리 집으로 온다.

없는 일도 만들어서 자꾸만 온다. 글씨는 매일 같이 안 보이고, 허리는

매일 아프고, 자꾸만 마음이 울렁거린다 한다.

나보다 훨씬 조그마한 할머니는 원래 말이 많았다.

팔십 넘은 노인이라 말이 성치 않은데 그래서 나는 반쯤은 못 알아듣고 반쯤은 듣고도 얕은 대꾸만 했다. 할아버지가 살아계실 때는 그렇게 할아버지 욕을 하러 오더니, 할아버지가 죽고 나서는 할아버지는 착해 빠졌다고, 그렇게 착한 사람을 왜 데려갔냐고 착한 놈, 착해빠진 놈, 아이고, 하고 울먹인다. 자기도 죽겠다고, 죽겠다고 어제도 한강에 갔다고. 내가 말릴 때까지, 손에 삶은 고구마나 선물 받은 건강식품을 쥐어 줄 때까지 할머니는 자꾸만 칭얼거린다.

주인집의 생선 굽는 냄새가 더 이상 올라오지 않고, 할아버지의 호통이 들리지 않는다.

휘경동 어느 골목 끝에 있는 집은 이제 매일 똑같은 침묵이 흐른다. 할머니는 외로워서 자꾸만 나를 쫓고, 동네 어귀에 있는 사람들에게 말을 걸어댄다.

휘경동 어느 골목에서는

이십 청년이든, 팔십 노인이든 마음이 헛헛하긴 마찬가지였다.

열한 번의 장례식

그날의 장례식에서 나는 제대로 슬퍼하는 방법을 몰랐다. 그곳에서는 어떤 옷을 입어야 하는지(그러나 어리석게도 너무 정신이 없어서 옷을 제대로 챙겨 입고 나오지 못해 검정 티셔츠를 장례식장 근처 옷 가게에서 크게 바가지를 쓰고 샀다), 어떤 식으로 절을 하는지는 책에서도 알려주면서, 어떤 방식으로 슬퍼해야 하는지는 어디에도 나와 있지 않았기 때문이었다. 친구의 갑작스러운 죽음은 너무도 커다란 바위가 온몸에 쾅 하고 내려앉은 거라 나는 그것이 아픈지, 무거운지 또는 그것이 나를 잘게 부수었는지 알아챌 틈이 없었다. 작은 돌멩이나 먼지들이 나를 때릴 때는 그렇게 엄살을 피웠는데 말이다.

또한, 장례식은 너무나 바쁘고 분주한 행사여서 나는 어쩌면 이게 잔치의 한 종류인가 하는 생각도 들었다. 사람들을 추려 부고 문자를 돌리고, 황급히 달려온 듯한 사람들이 묘한 여유를 찾은 후 아는 체를 하고, 육개장을 나르는 거나 소주를 가져다주는 일은 너무나 분주한 일이라 몇 해 전 결혼식을 치른 친구의 피로연과 비슷했다. 다만, 거기서는 없던 몇몇 가지의 사람들과 분노와 다른 종류의 웃음이 장례식에는 있었다. 혼자 와서 멍한 표정으로 술을 마시다 조용히 가는 사람, 술에 취해 비현실적으로 즐거운 이야기를 하는 사람(그런 사람들의 목소리가 너무 커져서 웃음소리만 가득 찼을 때 나는 작은 분노가 차올랐다), 고작 한두 번 정도 그를 봤으면서 세상에서 가장 큰 울음을 토해내는 사람. 되려 나는 눈물이 안 나는데 말이다.

분주히 일하면서도 귀는 자꾸만 열려 있어서 술에 취한 사람들이 그에 관한 우스갯소리를 할 때, 특히나 내가 아는 그와 다른 이야기를 할 때는 그게 아니라고 꼬집어 말하고 싶을 때도 있었다. 나와 그의 말도 안 되는 열애설을 떠올리는 이들도 있었다. 직군도 성향도 잘 맞는 탓에 우리가 연인처럼 붙어 다닌 것은 사실이었지만, 우린 각자 늘 애인이 있었다.

내가 웃을 때도 많았다. 웃기는 사실은, 정말 웃기지도 않은 일이 웃기게 느껴진다는 사실이었다. 다른 친구가 육전을 너무 많이 먹는데 웃음이 참아지질 않았다. 평소에는 웃지 않을 사소한 것들이 너무나 웃겨서 나는 숨죽여 킥킥댔다.

나중에는 실없이 웃는 게 잦아져서 영정 사진을 보고서도 웃음이 나왔는데, 분명 그는 이 영정 사진을 마음에 안 들어 할 거라는 생각 때문이었다. 그의 영정 사진은 지나치게 비장했고, 한쪽 입꼬리만 올라가 있는 게 언짢아 보였다. 무엇보다도 과한 포토샵 덕분에 실제의 그보다 지나치게 잘생겨 보였다. 게다가 그 영정 사진은 그와 박 터지게 싸우던 이가 고른 탓이기도 했다. 나는 화장실에 가다가 그의 영정 사진과 눈이 마주칠 때면 같이 한쪽 입꼬리를 올려 씩 웃었다.

죽은 건 그인데 되려 나를 걱정하는 연락들이 너무 많이 와서 나는 휴대폰이 꺼져도 그냥 그대로 두었다. 간혹 나와 그를 함께 아는 사람들이 와서 걱정이 역력한 표정으로 내게 괜찮냐고 밥은 먹느냐고 물어볼 때면 나는 여기 육개장이 끝내준다고, 그리고 내가 죽었냐 걔가 죽었지, 라며 너스레를 떨었다. 죽은 건 그 애인데 자꾸만 내 안부를 묻는 사람들이 그때는 너무 이상했다.

3일 동안 나는 계속 잠을 자지 못했는데, 나는 새벽의 틈을 견딜 수가 없어서 내가 찍은 그의 사진과 영상을 계속해서 봤다. 사진첩을 정리하지 않는 습관이 참으로 고마웠다. 7년간 축적된 그와 나의 웃긴 영상이 자꾸만 발견되었다. 홍콩에서 걸그룹 댄스를 추는 모습, 술을 마시고 길에서 누워 자는 모습, 깜짝 생일파티에 슬쩍 눈물짓는 모습, 여드름이 얼굴에 볼록하게 피어오른 모습. 이번엔 그와 나의 대화창을 열어보았다. 다른 애들은 그와 나눈 마지막 대화를 보면서 엉엉 울던데, 그와 나의 대화창에는 서로의 웃긴 사진을 보내거나, 야한 이야기를 몰래 나누거나, 썸타는 사람의 사진을 보내거나 하는, 영양가 있는 이야기, 아니 그를 떠올리며 눈물짓게 할 이야기가 단 하나도 없었다.

장례식에서 처음 만난 그의 부모님은 나를 아주 잘 알고 있었는데, 내가 자신들이 생각했던 것보다 훨씬 더 작다고 손을 아주 바닥까지 내려 내 키를 놀리는 것이 꼭 그 애랑 닮았다고 생각했다. 나는 그 애에게 부모님에 관해 자세히 들은 적은 없지만 대충 알은체를 했다. 그의 부모님은 내게 자꾸만 어린 시절 걔의 사진을 보여주었는데, 서른이 넘은 지금이랑 고작 다섯 살일 때의 얼굴이 너무 똑같아서 웃음이 나왔다. 내가 웃으니까 피죽도 한 그릇 못 얻어먹은 듯한 낯빛의 걔 아빠와 머리가 온통 헝클어진 걔의 엄마도 웃음이 터졌다.

그의 장례식에는 정말 많은 사람이 왔다. 대부분은 내가 아는 사람이었고, 내가 모르는 사람들도 나와 그가 얼마나 가까웠는지를 아는 듯했다. 사람들은 자꾸만 내게 말을 토해냈는데, 대부분은 자신이 발견한 그, 자신과 나눈 대화, 혹은 그가 마음으로는 나를 얼마나 아꼈는지 같은 이야기였다. 사실상 내가 그에 대해 아는 것은 별로 없었는데도 말이다.

내가 처음 짐승처럼 울부짖은 건 그의 발인 때였다. 내가 자꾸 쓰러지듯 우니까 누군가 옆에서 손을 잡아줬다. 그 손이 차가웠는지 따뜻했는지는 기억이 안 나지만, 나는 그 누군가의 손을 잡고 울고 쓰러지고 멈추기를 반복했다. 나뿐만 아니라 짐승처럼 우는 사람들이 몇 있었는데, 보통 장례식에서 나처럼 아무렇지도 않게 웃던 애들이 그랬다. 그곳의 공기는 너무도 무거워서 정말 우스운 일이 생길지라도 전부 조금의 자극을 기다렸다는 듯 웃음 대신 눈물을 터뜨릴 것 같았다. 나는 답답해서 눈물이 나왔다. 그가 언젠가 나랑 여행을 갔을 때 분명 자신이 죽게 된다면 뼈를 어느 곳에 뿌려 달라고 했는데, 그곳이 어느 곳인지 도통 생각이 나지 않았다. 갠지스강이었는지, 라오스였는지, 분명 그가 말한 기억은 있는데, 장소가 생각이 나지 않았다. 한 줌이 되어버린 그를 보면서 도통 아무 생각이 나지 않았다. 마치 내 뇌가 갑자기 모든 것들을 닫아 버려서 숨 쉬고 보고 걷는 것만 할 줄 아는 듯 모든 생각이 고장 났다.

그가 키우던 개도 그날 함께였는데, 자신처럼 못생기고 불쌍하다고 데려왔던 그 개만이 그곳에서 웃고 있었다. 모든 장례 절차가 끝나고 다 같이 밥을 먹으러 가서야 비로소 모든 사람이 숨을 제대로 쉬는 듯 했다. 적막 속에서 사람들의 숨소리가 너무나 잘 들렸다. 나는 서울로 가는 버스에서 처음으로 제대로 잠이 들었다. 짧은 꿈속에서 분명 걔가 나와서 나한테 뭐라고 말했는데, 그것마저도 기억이 나지 않았다. 신 기하게도 내게는 그 이후 몇 달간의 기억이 제대로 남아 있지 않다. 꽤 바쁘게 살았는데, 그 시간에 대한 기억들은 신기하게도 떠올리려 해도 떠오르지 않는다. 그곳에서 본 사람들의 소식 또한 한동안 소식을 들을 수 없었다. 모든 이야기는 결국 다 그로 귀결되기에 걔를 아는 사람들 은 아주 가까운 사이가 아니면 서로 잘 만나는 것 같지 않았다.

내가 그의 장례식을 정기적으로 치르기 시작한 건 얼마 되지 않았 다. 그가 죽고 두 달은 정신을 꺼놓고 살고, 두 달은 그 애가 없다는 것 을 비로소 깨달아 지독한 우울증에 걸렸고(그래서 병원을 다니느라 정신이 없었다), 다음 두 달은 우는 법을 배워갔다. 나는 눈물이 거의 없는 편이 었는데, 모든 상황에서 감정보다 인지가 빨랐기 때문이었다. 어떤 일 이 생기면 내 뇌는 아주 재빠르게 작용해 내가 울 만한 상황인지, 울음 으로 달라지는 것이 있는지를 확인하고 결국 눈물이 내게 주는 이득이 없다는 판단이 들면 눈물들은 눈물샘으로 당도하기 전, 다시 제자리로 돌아간다. 스물아홉이나 먹어서야 어떤 눈물들은 예고 없이 흐른다는 것을 알은 셈이다. 주변에 사람이 있어도, 눈물을 흘린다고 달라지는 게 없어도, 안 흘리는 게 나은 상황이라는 걸 알아도 눈물은 자꾸만 나왔다. 나는 예전처럼 눈물을 막지 않았는데, 그러다 보니 나는 하늘을 보아도 울고 꽃을 보아도 울고 그가 좋아했던 노래를 들어도 울고 엄마의 얼굴만 보아도 우는, 시도 때도 없이 우는, 세상 제일가는 울보라는 것을 알았다.

나는 겨울을 내리 울고 결심했다. 예고 없는 눈물을 막기 위해, 딱 일주일에 한 번 그를 위한 장례를 치르는 것이다. 복잡한 장례 절차는 없다. 그가 좋아하던 노래와 쏟아낼 눈물만 필요했다. 그를 향해 쓴 글을 낭송하고, 그날은 장례식에서 그러지 못했던 것처럼 엉엉 우는 거다. 우리 집에서 나 혼자 치르기도, 처음 보는 사람한테 그의 이야기를 내려놓고 함께 기도하기도, 그를 보내는 시간을 함께한 친구들과 같이 하기도 했다. 어떤 날은 비가 세차게 내렸고, 어떤 날은 너무 환한 낮이었고, 어떤 날은 모닥불과 별빛이 이 세상이 아닌 것처럼 아름다웠다. 처음 몇 번은 하루 종일 울었고, 다음 몇 번은 세 시간도 못 울었고, 어떤 날은 오 분만 울었다. 그래도 그날만큼은 하루 종일 그 애 생각을 하는 건 마찬가지였다. 내가 울면 대부분 따라 울었는데, 실컷 울고 난 후에 번지는 말간 얼굴들을 보았다. 슬픔을 나누면 두 배가 된다는 요즘 애들의 속설은 순 거짓말이었다. 아픔은 나누면 깊어지고, 옅어진다.

어느 날은 그 없이도 너무 행복한 내가 미워서 장례를 치렀다. 또, 어느 날은 마침 그가 좋아하던 종류의 술이 마침 눈앞에 있어서, 어느 날은 그 애한테 연락했다가 답장이 없어서 장례를 치렀다. 어떤 날은 여행을 떠나와서 왜 나만 이 좋은 걸 느끼고 있는 건지 당최 이해가 안 돼서, 그를 향한 원망이 온 마음에 가득 차버려서였다. 그 장례에서는 그가 너무 미워서 그냥 조금만 더 살지, 조금만 더 버텨서 같이 이 아름다운 것들을 같이 보지. 내 사진을 예쁘게 담아주지. 같이 도란도란 수다나 떨다가 잠에 들지. 나는 네가 깨지 않는 동안 우리가 앞으로 해야 할 수많은 것들을 생각했다. 왜 그렇게 삶에 미련을 가지지 않았는지, 바보 같은 사람. 멍청한 사람. 나약한 사람. 실컷 욕을 했다. 세상에 있는 모든 욕을 다 했다.

다행히 열한 번쯤 장례를 치르고 나니, 아무 데서나 울지는 않게 되었다. 꿈을 찾으라는 내용의 강의를 하다가 중학생들 앞에서 울고, 업무 미팅을 가서 울고, 기다리는 버스가 안 와서 엉엉 우는 바보 같은 짓들은 이제 하지 않는다.

아마, 백 번째 치르는 그의 장례식에서는 눈물 한 방울 없이도 가능하지 않을까. 대답 없는 허공으로 그를 애타게 부르며 소리치는 일도 없지 않을까. 어찌 됐든 시간은 흐르고 그를 기억하는 사람들도 점점 줄어들지 않을까. 나도 점점 그의 얼굴을, 바보 같은 미소를 까먹고 그의 이름과 수차례의 장례만 떠오르지 않을까 하는 생각들. 예고 없이 찾아오는 눈물이 완전히 멈출 때까지 나는 그를 위한 장례식을 치를 것이다. 오늘도, 다음 주에도, 다음 달에도. 예고 없이 찾아드는 눈물을 자연스레 받아들이면서.

보통의 하루

≈≈≈

'그곳엔 평행현실이 있어.'

'평행현실이라니 무슨 뜻이지?'

'행복감을 느끼고 가슴이 사랑으로 충만해 있을 때

육체와 영혼이 겪는 정신 상태라고 할까.

돌연 일상을 이루는 모든 게 다른 의미를 띠게 돼.

모든 색깔이 더욱 선명하게 빛나고 추위, 비, 고독, 공부, 일 등

그전에 성가시기만 했던 모든 게 새롭게 보이는 거야.

왜냐하면 잠깐이나마 우주의 영혼으로 들어가 달콤함을 맛보았으니까.'

- 파울로 코엘료 『히피』

가을에서 겨울 사이였다. 선생님과 내가 만나게 된 건.

우리는 매주 한 번을 만났다. 이야기는 단계를 쌓아갔다. 주로 선생님은 질문했고, 나는 대답을 했다. 나는 사람들과 내면의 깊은 얘기나 속 얘기를 나누는 걸 좋아하지 않아서(가벼움과 장난으로 나를 가리는 것이 훨씬 편하다), 선생님은 나 다음으로 나에 관한 많은 것을 아는 사람이 되었다. 나는 선생님에 관해 여전히 잘 모르지만, 대화를 시작한 순간부터 내가 좋아하는 유형의 사람임에 확신이 들었다.

처음에는 모든 순간이 믿기지 않았다. 병원 문을 열고 들어갔을 때, 선생님이 준 질문이 가득한 종이에 몇 가지 대답을 하고 중등도 우울증이라는 판정을 받았을 때, 밥을 먹었냐는 질문에 잘 기억이 나지 않는다고 대답했을 때, 선생님이 내가 먹어야만 하는 약들을 알려주었을 때, 벌벌 떠는 내 몸과 알 수 없는 심박수를 선생님이 말해주고 비로소 눈치챘을 때, 아니 그보다 앞서 나를 잘 아는 사람들이 병원을 가보라고 했을 때. 내가 달라졌다고 했을 때. 모든 순간이 뒤죽박죽이다.

그 어떤 어려움도, 나는 항상 맞서 싸우고 일어났는데. 가시들이 온몸을 관통했을 때도 울지 않고 빼어냈는데, 그랬는데. 그러나 밤과 밤의 사이는 두꺼웠고, 나는 그 대책 없는 두꺼움이 무서웠다. 무서움 속에서는 방향 없는 미움이 생겨났다. 어둠은 보라색이었고, 거울 속의 나는 자꾸만 낯설었다. 스스로 빠져나올 수 없는 구덩이에 갇혔다는 확신이 들었다.

한 가지 다행인 것은, 나는 나를 가로막는 모든 것은 미뤄두기보다 해결부터 하는 편이었다. 나는 내 마음속의 문제를 얼른 끝내고 싶었다. 인터넷 검색을 몇 번 한 뒤 집 근처의 정신의학과에 전화를 걸었다. 평점이 가장 높은 곳은 한 번 상담에 16만 원이었다. 그 와중에도 나는 카드 값이 걱정되었다. 짧은 탄식 후 다시 전화를 드린다고 말을 하고, 다시 걸지는 않았다. 동네에서 가장 허름해 보이는 병원에 전화했다. 예약하지 않아도 되고, 바로 와도 된다고 했다. 나는 세수도 안 한 채, 병원으로 향했다.

예상대로, 아주 낡은 병원이었다. 과연 이런 곳에서 내가 나을 수 있을까, 조금 더 세련된 병원에 갔으면 안심이 될 텐데. 파마를 하겠다고 동네 미용실 할머니 미용사의 손에 머리를 맡겼다가 울면서 돌아온 기억까지 떠올랐다. 그냥 다른 곳으로 갈까 하다가 통장 잔고가 떠올라 금세 생각을 접었다. 작은 병원은 진료를 기다리는 사람들로 가득 차 있었다. 대부분 노인이었다. 세상에 이렇게나 많은 노인이 우울을 앓고 있다는 사실을 그날 알았다. 특유의 삭막함이 느껴지는 대기실에서 한참을 기다렸다. 두 시간을 기다리고, 마지막 남은 환자까지 약을 안고 집에 돌아갈 때, 내 이름이 호명됐다.

　진료실의 환한 빛이 그때는 무슨 색의 빛인지 혹은 어둠인지 잘 구별이 되지 않았지만, 선생님의 목소리는 또렷하게 기억난다. 단단하고 신뢰가 담긴 목소리였다. 인사도 전에 눈물이 흘렀다. 그것은 슬픔이나 안도보다는 내가 이런 곳에 왔다는, 공포에 가까운 감정이었다. 선생님은 나를 자리에 앉히고 아주 작은 질문들을 시작했다. 서서히 울음이 걷혔다.

"벌써 저녁 시간이네요. 배가 고프겠어요. 밥은 먹고 왔어요?"

"어, 먹었을 거예요."

"어떤 반찬을 먹었나요?"

"선생님, 죄송해요. 잘 생각이 안 나요. 제가 원래 이렇게 기억력이 나쁘지 않은데."

"살이 많이 빠졌어요. 2주 동안 5킬로가 넘게 빠져서 40킬로가 겨우 넘어요. 밥을 먹는데."

"병원은 처음이고, 주변에서 가보래요. 감기 같은 거라고."

"비명으로 깨어나요."

"어둠 속에 잠겨요."

"어제와 오늘이 구분되지 않아요. 밤과 아침도요."

"밉지 않던 것들이 미워요."

"미워할 힘이 없어요."

"그 애와 관련된 이야기가 나올 때면 심장이 너무 뛰어서…."

"휴대폰을 볼 수가 없어요."

"제가 근데 밥을 먹었다고 했나요?"

"모든 게 느려요."

"할 수 있는 게 없어요. 가만 생각해보면 전 원래 그런 사람이었어요."

"숨이 잘 안 쉬어져요."

"사람들은 모두 절 미워해요."

"죽고 싶다는 뜻은 아니에요. 전 그런 생각해본 적 없으니까. 낫고 싶어요. 원래대로 돌아갈 수 있을까요. 선생님. 정말 인터넷에서 본대로 약만 먹으면 감쪽같이 나을까요."

선생님의 작은 질문들은 단계를 쌓아갔고, 나는 한동안 털어놓지 못한, 수많은 이야기를 펼쳤다. 선생님은 고개를 끄덕이면서, 가끔은 종이에 무언가를 적으면서, 내 이야기를 들었다. 바깥은 벌써 깜깜해진

지 오래였고, "시내 씨를 응원할게요."라는 말과 함께 상담은 끝이 났다. 선생님은 나를 동정의 눈으로도, 염려의 눈으로도 바라보지 않았다. 한 시간의 상담에 대한 진료비는 약값까지 포함해 8,400원이었다. 두 가지 종류의 약이었다. 비상시 먹는 약과 매일 먹어야 하는 약. 집으로 돌아와 밥을 먹고 약을 삼켰다. 어쩐지 마음이 후련했다. 막상 별거 아니었다는 생각 때문이었다. 그날 밤은 어떤 생각 때문에 잠이 들지 못했는데, 선생님에 관한 생각이었다. 수많은 사람의 검은 이야기들을 매일 같이 듣는 당신의 밤은 괜찮을까, 라는 생각이었다.

두 번째, 세 번째, 네 번째는 더 쉬웠다. 묻으려는 기억들은 이상하게 선생님 앞에서는 낱낱이 펼쳐져 갔다. 펼친 기억들은 사실은 아무것도 아닌 것도 있었고, 선생님의 미간이 꿈틀거리는 이야기도 있었다. 선생님은 내 목소리의 사소한 변화도 알아챘는데, 그건 내가 나아지고 있다는 증거라고 했다. 대기실은 수심이 가득한 얼굴의 환자들로 가득했다. 나는 선생님이 1분도 쉬지 않고 그들을 돌보는 모습을, 약만 받으려는 환자마저도 붙잡고 당신의 하루를 묻는 모습을 보곤 했다. 그들이 나아지느냐고, 그래서 나중엔 안 다니게 되냐고 물었다. 선생님은 3분의 1 정도는 말끔하게 나을 거라고 했다. 3분의 2는 그런 기질을 가지고 태어난 사람이라 아주 긴 치료로도 어려울 거라고 했다. 나는 3분의 1의, 단단하지만 지금 암석을 만나 박혀 버린 거라고, 금세 올라오는 사람이라고 말했다.

약의 증량 없이도 병세는 호전되어갔다. 적당한 잠을 자게 되고, 청소하기 시작했고, 음악을 듣기 시작했고, 요리를 시작했다. 작은 일상부터 시작해보라는 선생님의 조언을 곱씹으면서였다. 마음속의 이질감은 여전했지만, 신정네거리역의 낡은 병원으로 향하는 날이면, 오늘은 선생님께 무슨 이야기를 해야 할지 들뜨는 지경까지 되었다. 선생님은 늘 내가 무얼 먹었는지, 어떤 음악을 들었는지 궁금해했다.

그 당시 내게 그런 것들은 가장 중요한 것이 되었다. 올해의 목표라던가, 사랑하는 사람 같은 커다란 이야기들은 내게 잘 와닿지 못했다. 작은 것을 되찾아 갔다.

우리는 가끔 여행에 관한 이야기도 나누었는데, 선생님은 언젠가 꼭 인도를 가보고 싶다고 말했다. 그곳을 여행하는 사람 중에는 재밌는 사람들이 많다는 내 이야기 때문이라고 했다. 그곳에서 만난 예술가나, 마약상, 히피들에 관한 이야기를 나누었다. 진료비는 6,400원이 되었다.

나는 어느 순간부터 선생님이 염려되었는데, 그래서 쉬지 않고 일만 하는, 종종 목소리가 쉬는, 귓불이 유난히 큰, 닳은 실내화의 발끝을 바라보았다. 희끗희끗한 당신의 모발마저 걱정하니, 선생님은 호탕한 웃음을 지었다. 선생님은 선생님이 하는 모든 질문에는 의미가 있다고 했고(그것이 아주 작고 사소한 일상을 캐묻는 것이라도), 내가 하는 질문들은 내가 나아지고 있는 것의 반증이라고 했다. 진료실에서 유난히 웃음소리가 컸던 날, 선생님은 약을 줄인다고 했다. 나는 이게 이렇게 쉬이 낫는 거냐고 물었지만, 사실 나아지고 있다는 것은 나 스스로 가장 잘 알았다.

마지막 진료는 겨울 한가운데 어디쯤이었다. 전날엔 화분을 샀다. 환타지아라는 생소한 꽃이었다. 나는 이제 영화도 보고 책도 읽었고, 겨울은 몹시 춥고 내가 좋아하지 않는 계절이라는 것도 알아챘다. 글도 썼다. 친구들의 표정을 면밀히 보며 내 행동을 걱정하는 것도 그만두었다. 진료가 끝나고 그 밑에 파는 콩나물국밥집에 가봐야겠다는 생각마저 들었다. 다른 수많은 환자가 기다리고 있었기에 선생님의 시간을 많이 뺏고 싶지 않았다. 선생님과 나는 내가 키우는 환타지아의 사진을 보고, 같이 이름을 짓고, 흐드러진 꽃잎들에 관한 이야기를 마지막으로 안녕을 고했다.

문을 나서는 내게 선생님이 말했다.

"다시는 보지 않았으면 좋겠지만, 힘이 들면 언제든 와요. 환타지아 잘 키워봐요. 늘 응원할게요."

집으로 돌아가는 길, 나는 오랜만에 신나는 음악을 들었다. 콩나물국밥은 맛있었고, 환타지아의 향은 놀랍도록 풍부했으며, 넷플릭스에서는 신작 드라마가 나왔다. 카톡방은 머리 아플 만큼 시끄럽게 울렸다. 돌아온 곳에서 모든 것들은 여전하게 존재했다. 엄마도, 친구들도, 집도, 바람도, 추위도, 사랑도 사실은 그대로 있었다. 묵묵하게, 각자의 몫을 치르며, 먼 곳에서 나를 응원하며, 그대로. 나는 잠시 바다 아래로 고단한 여행을 다녀왔을 뿐이라는 생각이 들었다.

나는 종종 일상을 치르다 그 겨울을 떠올린다. 가장 물렁했던 순간. 내가 보내던 비슷한 하루하루가 얼마나 특별했는지 알아챘던 긴 겨울을. 다시 돌아갈 곳이 있다는 것의 소중함. 묵묵히 버텨가는 사람들의 커다란 위로를. 눈물에 담긴 진심을. 다정한 목소리의 힘을. 잠이 주는 온기를. 바람이 불고 지나간 겨울나무의 흔적을.

너무도 특별한,

보통의 하루를 떠올린다.

사랑의 점수

어린 시절부터 유난히 수에 약했다. 구구단은 하루 종일 테이프를 틀며 외워도 어려웠고, 간단한 암산도 늘 계산기를 이용했다. 19단이라는 것이 유행했을 때는 그것을 개발했다는 인도 사람들이 밉기까지 했다. 어찌저찌 나가게 된 수학 경시대회에서는 단 두 개만 맞춰 엄마를 놀래켰다. 수능 수학 풀이 시간에는 풀 수 있는 문제가 많이 없어 남는 시간 동안 앞에 앉은 긴 머리를 꽁꽁 묶은 여학생의 뒷모습을 그렸다. 얼마나 집중했는지 10년이나 지난 지금까지 그날의 장면이 아직까지 또렷하다.

120센티미터가 되지 않으면 못 타는 놀이기구도 싫었고, 12년의 노력을 달랑 숫자 몇 개로 표하는 수능 성적표는 더더욱 싫었다. 무엇이든지 숫자로 표현하는 세상이 나는 참 울적했다. 마음속의 세상을 그림으로 그려봐도, 복도에 걸릴 만큼 멋진 시를 써 내려도 숫자로만 알려주는 어른들은 간사했다. 수에 관련된 것을 전공으로 삼았거나 일을 하는 사람을 볼 때면 이유 없이 멀게 느껴졌다. 그런 사람들은 왠지 앙상한 마음을 가지고 살 것만 같았다.

사강의 말처럼 나는 숫자보다는 그 사람이 어떤 책을 읽는지, 지금 누군가를 사랑하고 있는지, 무슨 일을 하며 행복을 느끼고, 무슨 일 때문에 마음이 갈가리 찢기는지, 어떨 때 고독을 느끼는지가 더 중요한 사람이었다.

생일날, 마음이 빼곡하게 적힌 편지보다도 밥 사 먹으라고 보낸 10만 원이 더 고맙고, 책 판매 부수가 사랑의 말보다 중요하다고 느낀 어느 날들에는 나는 그 변곡점의 뒤틀림이 징그럽기까지 했다. 그것을 처음 깨달은 날, 나는 세상의 모든 숫자가 사라지기를 아주 간절히 빌었다.

*

초겨울의 제주도 출장에 친구 지연과 왔다. 70만 원을 받는 것 치고는 꽤나 많은 일을 해야 했다. 숙소 값 10만 원 렌터카 값 10만 원 기름값 7만 원을 지불하며 머릿속에는 숫자가 둥둥 떠다녔다. 우리는 아침마다 맥모닝을 먹었다. 지연은 맥모닝을 좋아해서 먹었겠지만, 나는 여행도 아닌 출장에서 돈을 쓰는 건 좀 아깝다는 생각이 들어서였다. 일이 끝나고 지연은 이불 속에 있던 나를 꺼내 맛있는 걸 먹으러 가자고 했다. 출장처에서 나오는 밥으로 배가 부른 상태였지만, 나는 지연을 따라나섰다. 지연처럼 근사한 인간으로 보이고 싶어서였다. 지연은 언제나 자기 자신을 잘 조율하는 사람이라 좋아하지 않는 건 공짜라도 먹지 않고, 가끔씩 이해가 가지 않을 정도로 비싼 것들을 먹었다. 하지만 대부분의 삶에서는 돈을 아꼈다.

7만 원짜리 밥과 술을 먹고 가게를 나오자 살짝 달아오른 뺨을 바닷바람이 재워주었다. 양이 적어 배가 부르지는 않았지만, 확실히 7만 원보다는 기분이 좋아졌다. 지연은 이렇게 출장을 와서 마지막 날 좋은 곳에서 맛있는 걸 먹으면 기분이 쉬이 나아진다고 했다. 10년 가까이 친구를 하는 동안 지연은 틀린 말을 한 적이 없었고, 그래서 지연이 무슨 말을 해도 납득이 되어서 나도 가끔은 그래야겠다고 생각하며 고개를 끄덕였다.

지연은 숙소까지 걷자고 했다. 지도 어플에 예정시간 30분이 뜨니까 길 가다가 자꾸만 멈춰서는 우리가 걸으면 50분도 예사였다. 팔짱을 끼고 지연이 좋아하는 백예린이나 선우정아의 노래를 틀었다. 잠시 지연의 마스크를 내려 바닷바람을 맡게 했다.

우리는 걸으며 이미 다 알지만, 또 아는 이야기를 계속했다. 여느 오래된 친구처럼 말이다.

있잖아, 천국에 가면 말이지.

시내야. 넌 천국에 못 가.

아니 나 말고 K.

걔도 못 가 시내야.

우리는 이제 친구의 죽음에 의연해져 이런 농담도 쉽게 치고 하늘을 바라보며 호탕하게 사과를 하곤 했다. 지연은 우리는 절대 천국에 못 간다며 고개를 절레절레 저었다.

천국에 가면 말이지. 모든 것을 알게 됐으면 좋겠어.

어떤 것?

사실 나는 조금 무섭거든, 왜 하나의 죽음에는 주변의 모든 사람이 죄책감을 가진다잖아. 사실 나도 조금 가지고 있단 말이야. 걔를 너무 믿은 거랑, 또 하나는 사랑을 못 보여준 거. 나는

걔가 아무도 자신을 사랑하지 않았다고, 물론 아니지만 그래도 걔라면 그렇게 생각했을 것 같아서 너무 후회가 돼. 그래서 나는 천국에 가면 모든 걸 알게 됐으면 좋겠어. 사람들이 얼마나 자기를 사랑했는지, 걔는 그걸 모를 테니까 걔를 사랑하는 사람들의 모든 마음이 숫자로 나타났으면 좋겠어. 내 숫자를 보면, 걔가 천국에서 내 사랑을 숫자로 보면, 그래서 내가 걔를 얼마나 사랑했는지 비로소 알게 되면 그러면 좋을 텐데. 나는 맨날 걔를 놀리기만 했으니까, 근데 그거 말고 농담으로 감춘 내 사랑이 숫자로 나타났으면 좋겠어. 그러면 참 좋을 텐데.

나는 지연에게는 99점 중에 80점만큼의 사랑을 보여주면서, 98점만큼이나 사랑한 그 애에게는 35점 정도의 사랑만 보여준 것이 화가 났다. 사랑이 행동으로 이루어지지 않는, 나처럼 미숙한 사랑도 있는 걸 걔가 이제는 알아채기를 간절히 빌었다. 사실은 내가 98점만큼 너를 사랑한다고 꼭 말해볼걸. 사랑에 점수를 매겨서라도 알려줘 볼걸. 90점보다도 높은, 거의 100점만큼이나 너를 사랑한다고 너의 어느 외로웠던 생일에 편지라도 전해볼걸.

물론, 숫자는 여전히 징그러운 거라 숫자로 그 애를 드러내면 너무나도 초라한 애다. 169센치의 작은 키와 1센치도 안되어 보이는 작은 눈과 통장 잔고에 남은 30만 원은 걔를 도무지 온전하게 설명할 수 없다. 내 곁에 있는 그 애가 얼마나 커다란 존재였는지, 야한 얘기를 할 때 그 애 눈이 얼마나 초롱초롱 반짝였던지, 내가 훔쳐 먹은 그 애의 술들이 걔가 얼마나 아끼던 것이었는지. 그래서 여전히 숫자가 밉지만, 그래도 사랑만큼은 숫자로 알았으면 좋겠다는 생각을 했다.

겨울이 시작되고 있었다.

날이 추웠고, 나는 지연의 팔을 잡고 어느 슈퍼로 이끌었다. 우리는 그곳에서 파는 칠천 원짜리 꽃무늬 바지를 샀다. 골목 어귀에서 그 이상한 바지를 함께 갈아입고 걸으며 우스꽝스러운 서로의 모습을 보며 계속해서 웃었다. 나는 칠천 원으로 얻을 수 있는 가장 행복할 수 있는 방법이 여기 있다고, 바지를 보여주며 말했고, 지연도 아까 내가 그랬던 것처럼 고개를 끄덕였다.

날은 계속 추웠고, 칠천 원짜리 기모 바지는 추위를 계속해서 막아냈다. 나는 보이지 않는 내 마음의 숫자를 더 보여주려고 지연의 팔을 더 세게 끌어 잡았다.

세상에서 가장 긴 십 분

구치소에 다녀왔다.

몇 주 전 출판사를 통해 작가 안시내에게 온 한 통의 편지로부터다.

이미 뜯어본 흔적이 있는, 빽빽하게 줄이 쳐진 편지지에는 반듯한 글씨로 수많은 이야기가 담겨 있었다.

글을 태어나서 처음 써봤다는 말과 함께 그 아이의 이야기는 시작된다. 구치소에서 우연히 보게 된 손때 묻은 책에는 조그마한 소녀가 당차게 아프리카를 여행하는 이야기를 담고 있었다고 했다. 그 소녀의 두 달간의 여정을 아끼고 아껴 그 아이는 읽어 내렸다. 내가 그 아이의 편지를 읽고 계속 바뀌던 감정들처럼 그 아이 역시 내 글들을 읽어가며 수많은 감정이 교차했다고 했다. 작은 것에서부터 오는 행복, 삶의 여유로움, 사람들의 선한 모습, 종족과 인종을 차별하지 않는 따스함.

그리고 어렵게 빌린 책에서 나의 첫 번째 여정을 보게 되었다. 자신과 놀라울 만큼 닮아 있는 두텁고 척박했던 삶의 환경에 흠칫했다. 그리고 같은 환경 속에서 자라 온 우리가 살아가는 다른 삶을 생각한다. 그리곤 새로운 다짐을 하게 된다. 반성과 후회와 다짐. 세 가지의 감정이 그 아이를 어지럽힌다. 잃어버렸던 삶의 의욕을 조금씩 되찾아낸다. 몇 번을 읽어 내려갔다. 책이라곤 모르던 그는 다른 책들도 읽어 나가기 시작했다. 살아온 삶과는 다른 세상이 수많은 책들의 활자 속에 각각의 모습으로 남겨져 있었다. 그 과정 속에서 그 아이는 다시 세상 밖으로 나가게 된다면 꼭 책의 주인공처럼 살아가겠다고 다짐하게 된다. 원망했던 이곳의 시간이 의미 있게 바뀐다. 불투명하게 떠오르던 칙칙했던 미래는 다짐과 설렘으로 바뀌어갔고, 그 아이 역시 내가 지금 글을 쓰는 것처럼 이 고마움을 넘길 수 없어 편지를 써 내려갔다. 반드시 새로운 삶을 살아가겠다는 각오가 담긴 편지였다.

바닥까지 내려왔으니 올라갈 일만 남았다고.

새벽녘, 나는 그 아이의 삶이 담긴 편지를 읽어 내렸다. 근 일 년간 나는 수많은 고뇌에 부딪혔다. 무기력한 삶, 흥분되지 않는 여행. 내게 어울리는 것을 잃어버린 것 같은 빈 마음.

삶의 목적성과 방향성을 잠시 잃어버리고 나는 작아져만 갔다. 진심을 담아 써내리던 내 손의 지저귐은 이미 바스라진 지 오래였다. 누군가에게 용기를 주던 순간을 나는 잊어버린 지 오래였다.

나는 그 아이가 꼭 작가가 되었으면 좋겠다고 생각했다. 사람을 눈물 짓게, 그리고 용기를 만들어내는 글은 진심으로부터 나오고 그 진심을 글로 적어내리는 것은 정말 어려운 것이라는 것을 누구보다도 잘 안다. 무기력에 갇혀 있던 나에게 손을 내밀고 다시 세상으로 이끌어주었다.

답장을 바라는 편지는 아니었지만, 오늘 나는 서랍장 안에 편지를 보관해두고 낡은 연립주택과 아파트 사이에 우뚝 솟아있는 회색빛의 칙칙한 건물로 들어갔다.

두렵지 않았다면 그건 거짓말이다. 그 아이에게 전해줄 책들을 잔뜩 챙겨갔다. 앞으로 절대 잊지 않을 그 아이의 수감 번호와 이름을 적어 내리고 바스켓에 휴대폰을 넣고 2시 30분이 되기를 기다렸다. 머릿속으로 생각했던 것들이 흐트러져갔다. 무슨 말을 전해야 할지 도무지 감히 잡히지 않았다.

일이 평 남짓한 작은 방에 그 아이가 들어왔다. 순식간에 공기가 바뀌었다. 철창 너머로 미세한 떨림이 느껴졌다. 손에 꽉 쥐고 있던 쪽지를 구겨 버리더니 짧은 10분이 원망스럽기라도 한 듯 그 아이는 수많은 말들을 빠르게 토해내기 시작했다.

이렇게 할 말을 빼곡 적어왔지만 다 필요 없는 것 같아요. 접견 신청인 이름을 보고 밤새 잠을 못 이루고 이걸 써 내려갔어요. 어떡해요. 너무 고마워요. 어떻게 이런 일이 있죠. 상상도 못 했어요. 행복해요. 누나, 책 속에 나온 싸마디는 잘 지내죠? 여전히 귀여운가요. 싸마디를 또 보러 간다고요? 저도 출소하고 꼭 떠날 거예요. 너무 고마워요. 누나, 저 진짜 열심히 살아갈 거예요. 다음 주 재판 진짜 열심히 볼 거예요. 제 삶이 바뀌었어요. 아직 세 번째 책은 못 읽었어요. 얼른 읽어야 하는데 아직 구하질 못했어요.

펜 있어요? 부탁이 있어요. 저희 엄마 번호예요. 엄마에게 전해주세요. 오늘 저는 행복하다고. 혼자 행복해서 미안하다고. 행복하게 해주겠다고. 어머니께서 기뻐하실 거예요. 누나 이야기를 엄청 했거든요. 제가 글을 잘 쓴다고요? 에이 말도 안 돼요. 지금은 이런 곳에서 누날 보게 되었지만, 나중엔 꼭 예쁜 카페에서 커피를 마시면서 이야기를 나누고 싶어요.

나는 눈물이 왈칵 쏟아졌지만, 그 아이는 나에게 울 틈을 주지 않을 듯 수많은 말을 쏟아내며 끝끝내 활짝 웃었다. 애단하고 어여쁜, 글과 하나도 다르지 않은, 자기 자신을 그대로 남에게 보여주는 그 예쁜 미소를 자꾸만 보여주었다.

십 분은 굉장히 짧았고, 현이는 시간이 줄어들수록 조급해했다.

어떡해요, 누나. 그렇게 하고 싶은 이야기가 많았는데 결국 아무것도 하지 못했어요. 정말 고마워요. 하, 시간이 끝났네. 누나, 진짜 고마워요. 나 진짜 열심히 살 거니까 꼭 봐주세요. 정말이에요. 고마워요.

마음속에 있는 수많은 말을 머금고 편지를 쓴다.

접견실에서 나온 나는 그 아이에게 전해줄 책 앞 쪽지에 이야기를 적어 내렸다.

고마워. 너무 고마워.
사람마다 꽃처럼 피어오르는, 별처럼 반짝거리는 그런 시기가 있는데 네게는 아직 찾아오지 않았던 그 시간이 이제 곧 찾아

오게 될 거야. 네 투명하고 맑은 눈망울을 보고 확신했어. 완전한 순도를 보여주는 네 미소에서 나는 알았어. 네가 다시 보게 될 새로운 세상을 써내려간 글들을 나는 보고 싶어. 정말 고마워. 네 말대로 지켜볼 거야. 얼마나 멋진 삶을 살아나갈지. 고마워, 현아.

누군가 써내려간 글 속에서 꿈을 얻고, 새로운 다짐을 하고, 누군가는 배낭을 싼다. 누군가에게는 고마울 수 있는 글을 쓰는 사람이란 것을 잠시 잊고 있었다. 모자람이 주는 용기를 되새기며 나는 다시 글을 쓴다.

2018년 1호선의 어느 칸에서

흉터

≈≈≈

좋아했던 교수님이 있었다. 동화를 가르치는 선생님이었다. 이상한 과제들을 많이 내주었는데, 그중 하나는 이름 모를 들꽃과 사진을 찍는 거였다. 쑥스럼을 간직한 학생들의 말간 얼굴과 꽃이 담긴 사진을 보며 그는 만개한 꽃처럼 웃는 사람이었다. 온몸에서 윤이 나기도 했는데, 그것은 세상의 맑고 아름다운 것들을 흡수하는 사람만이 가지는 윤기 였다. 덕분에 그 수업에서는 모두가 아이처럼 웃었다.

지각을 밥 먹듯이 하는 나는 대학 시절을 통틀어 가장 좋아했던 그 수업에서 썩 좋은 성적을 받지는 못했지만, 학기가 끝나고 교수님의 부름을 얻을 수 있었다. 학교 앞 고깃집에서 소주 한 병을 시키며 그는 나의 잦은 지각을 책망했다. 나는 한 번도 빠지지 않은 수업은 이 수업뿐이라고 되받아쳤다.

교수님은 이어 말했다. 시내는 수업이 끝나고 제일 걱정되는 학생이라고. 매 순간 웃기만 하는 내 얼굴이 햇살을 맞은 듯 눈부시게 빛나서, 그래서 내 등 뒤로 너무 아득하게 그림자가 펼쳐져 있었다고. 그래서 나를 다시 찾았다고.

그런 적이 있었다. 배에 커다란 화상을 입어도, 손가락이 뼈가 보일 정도로 파여도, 그라인더가 옷을 찢어 버렸을 때도, 발목이 부러졌을 때도. 나는 마냥 웃고는 했다. 아프면 아프다고 말을 해야지, 라는 친구들의 잔소리에도, 에이 그럴 수도 있지 뭐. 이 정도는 금방 나아.

어렸을 때는 마음이 아주 크게 다친 적이 있었는데, 나는 그걸 꽁꽁 싸맸다. 엄마가 괜찮다고 했으니까, 아무것도 아닌 걸 거야. 괜찮은 걸 거야. 그래서 저기 마음의 가장 야트막하고 낮은 어떤 곳에, 아무도 찾지 못하도록 잘 숨겨놨다. 괜찮아, 괜찮은 거야. 고름은 고약하게 썩어 들어가서 내 콧속을 쑤셔댔다.

내가 언젠가 나의 모든 것을 알아주는 벗을 만났을 때, 사랑을 만났을 때, 그 오래된 아픔이 봇물 터지듯 흘러나왔다. 며칠 내내 운 적도, 한 달을 내내 운 적도 있었다. 마음의 병이 몸으로 전이된 것처럼, 가슴에 대못을 박는 것처럼 가슴이 쿡쿡 쑤셨다.

아직도 가끔 그런 사람을 만나면, 그러니까 모든 걸 안아줄 것 같은 사람을 만나면, 위로를 받고 싶은 건지, 정말로 아픈 건지 눈물부터 차오른다. 그렇게 한참을 울고 투정 부리면 신기하게도 다시 고름의 악취가 잦아든다. 쿡쿡거림이 가라앉는다.

얕은 상처가 수없이 나를 베면, 혹은 깊은 상처에 크게 한 번 베이면, 그 후부터는 아파도 아픈 건지, 다쳐도 다친 건지 모를 때가 온다. 진짜 괜찮다고 자꾸 주문을 외우면 그렇게 되는 것 같아서 자꾸만 그러고 만다. 그렇게 다치다 옷가지를 벗어버린 내 온몸에는 흉터만이 가득하다.

가끔 나 같은 사람을 만난다. 지나치게 밝아 보이려 하는 사람들. 사람을 기쁘게 하려는 사람들. 유난히 애를 쓰는 게 눈에 남는 사람. 그 사람들의 밝게 빛나는 얼굴을 곰곰이 본다. 주름 사이에는 눈치채지 못한 그림자가 묻어 있다. 미소 후의 입가 서린 가여운 삶의 잠식이 눈앞에 어슬렁거린다. 나는 다 안아줄 수 있는 사람이라고 말해주고 싶은데, 선뜻 그 말이 입 밖으로 안 나온다. 교수님의 얼굴에서 나이 든 나를 본다. 눈물은 참 예쁜 것이라 마음속으로 외쳐본다.

그저 하고 싶은 말이 있다면
벗에게도 말한 것처럼

너와 나의 삶에서 우리는

눈물을 삼키지 말기를,

기꺼이 사랑과 행복을 안아가기를.

버틸 수 없을 것 같을 때에는 서로를 부여안고 함께 엉엉 울어줄 그
런 사람이 존재하기를.

당신에게도 나에게도.

열 개에 만 원짜리 면 팬티를 입는 사람

　엄마와 같이 살게 되면서 엄마는 꽤 오래도록 접하지 못했던 내 삶의 방식에 대해 여러 가지 불만을 가졌다. 빨래를 널 때 탈탈 털지 않는 것(내가 터는 것은 시늉 정도라고 했다), 설거지를 미루었다 하는 것, 이부자리를 정리하지 않는 것(어차피 다시 누울 건데 뭐!), 냉장고의 음식들을 빨리 처리하지 않는 것, 비싼 옷 대신 값싼 옷 여러 장을 사는 것, 막 바르고 막 씻는 것, 밥을 하루에 다섯 끼씩 먹는 것(밥해달라고 자주 조르기에 제발 좀 한 번에 많이 먹으라고 잔소리했다). 모든 습관은 엄마의 입장을 충분히 고려해 어느 정도 고쳤다. 고친 것이 나에게도 훨씬 만족스러웠다.

　반면 엄마가 미워하지 않는 나의 습관들도 있는데, 술을 거나하게 취해와서 엄마를 앉혀놓고 쫑알쫑알하는 것. 야식을 해달라고 조르는 것(싫어하는 척하면서 좋아하는 게 분명하다. 같이 먹고는 한다), 이불 속에 온종일 누워있는 것, 글을 쓸 때 엄마가 방해하면 손을 저으며 째려보는 눈짓,

무서운 이야기를 읽다가 혼자 겁에 질려 엄마 잠을 깨우는 것, 엄마가 누군가에 대해 험담하면 그 새끼 내가 죽여버려! 하고 욕지거리를 하는 것, 설거지하는 엄마의 바지를 내려버리고 도망치는 것. 흰 머리 대신 검은 머리를 뽑고는 우렁차게 웃어버리는 것. 내가 영 아망스러운 구석이 있는 아이였기에 체념한 것일 수도 있다.

이해할 수 없는 엄마의 기준 속에서 유난히 엄마가 날을 세운 것은 의외로 내가 예상할 수 없는 부분에서 나왔다. 어느 날 엄마는 "시내야" 하고 나를 불러 앉히더니 조용히 말했다. 딸- 이라며 경쾌하거나 다정하게 나를 부르는 평소의 목소리와는 달랐다.

"너 제발 속옷 좀 사라."
"그게 '제발'까지 나올 일이야?"

엄마는 속옷 수납함을 열어 내 속옷들을 쏟았다.

거기선 3년 전쯤 산 10개에 만 원짜리 검은색 면 팬티가 와르르 쏟아졌다.

나는 기가 찬다는 눈빛으로 엄마를 바라보았지만, 엄마는 더 기가 차는 눈빛이다.

"나이가 곧 서른인 딸의 프라이버시를 열다니."

"아니, 그래 곧 서른인데 너는 속옷들이 이게 뭐니. 제발 속옷 좀 사!"

"안 사!"

"사!"

"이유가 뭔데? 합당한 이유를 논리적으로 말하면 내가 고려해보도록 할게."

"엄마 말 좀 들어!"

늘 감정이 앞서 말문이 막히는 엄마를 더 놀리기 위해 나는 번죽거리는 얼굴로 엄마를 보았다. 나는 열 개에 만 원짜리 면 팬티를 입는 이유를 수없이 말할 수 있지만, 엄마는 단 하나의 이유도 대지 못한다. 나는 이유를 설명한다. 여행을 다닐 때 얼마나 편리한지, 속옷이 세트가 아니어서 하나쯤은 잃어버려도 상관없다고. 레이스나 나이론 대신 면이 주는 편안함. 잘 해지지 않는 튼튼함. 와이어가 있는 불편한 브라를 더는 입지 않는 것에 대한 자연스러운 수순인 것을. 밤을 새워서도 이야기할 수 있지만, 엄마의 눈에는 이유가 가당치 않다. 엄마의 마음 또한 안다. 우리 엄마는 늘 제멋대로 구는 딸이, 그대가 생각하는 보편적인 '딸'다움을 조금이라도 갖기를 원했다. 여성스러운 말투, 술과 담배를 하지 않고, 데이트를 하러 갈 때는 향수를 뿌리고, 나보다는 남을 챙기는, 섬세하고 꼼꼼했으면 하는. 게임이 취미인 딸이 아니라 엄마처럼 꽃꽂이를 좋아하는 딸.

손톱이 닳을 정도로 하던 네일아트를 그만두고는 말간 손톱을 본다. 신발장에 가득 찼던 하이힐을 정리하고 편한 신발만 신는다. 나를 불편하게 만든 레이스 속옷도 죄다 버렸다. 뒤늦게 담배도 시작했다. 정제된 말을 골라 하느라 마음속의 것들을 놓치고 살던 내가 하고 싶은 말을 다 한다. 사람은 결국 혼자일 때 진짜 나를 발견하게 된다는데, 오랜 독립에서 엄마와 연락 없이 떨어져 지내며 마음 가는 대로 하나씩 찾아간 것들이다. 나를 보는 다른 사람의 눈을 감기고 내가 나를 본다. 마음의 소리를 집중해서 듣다 보니 여기까지 왔는데, 엄마는 껍질을 벗어내자 드러난 터프한 딸이 아직 어색하기만 하다.

속옷 가게를 지나가며 서성이던 당신의 발걸음을 떠올리자 그래 까짓것 그렇게 원하는데 못 해줄까 싶어 몇 개의 해진 검정 면 팬티를 버린다. 엄마는 그제야 안심하는 표정을 보인다. 아직 튼튼한 팬티 몇 장을 차마 놓지 못하자 힐끔 째려본다. 새로 사겠다는 확답을 듣고서야 심통 난 기색이 얼굴에서 사라진다(색깔만 분홍색인 면 팬티를 잔뜩 샀다는 걸 알면 다시 째려볼 테지만).

불편한 동거는 다시 시작되었다. 혼자인 것이 가장 편안하고 행복한 나와 사람의 애정 없이는 하루도 못 참는 엄마. 남 얘기하는 것을 가장 좋아하는 엄마와 남한테는 일절 관심 없는 딸. 애교 많은 엄마와 무뚝뚝한 딸. 눈물과 공감이 많은 당신의 이야기를 흘려듣는 나. 몸을 잠시도 가만 못 두는 부지런한 당신과 살아 숨 쉬는 게 기적이라고 말할 정도로 게으른 나. 나는 당신의 잔소리가 밉지 않아 낡아빠진 면 팬티를 아직도 버리지 못한다.

두고 온 마음

처음 보자마자 탄성을 질렀다. 대문부터 마음에 쏙 들었다. 잡고 있던 엄마의 손을 더 농밀한 온도가 느껴지도록 꽉 잡았다. 엄마는 여기 오는 길마저 마음에 든다며 "좋다. 이 동네 조용하고 참 좋다."라는 말을 반복했다. 심지어 오는 길에 본 술집의 이름은 '시내네 포장마차'였고, 집 바로 옆에는 좋아하는 언니와 같은 이름을 가진 '현서 어린이집'도 있었다. 엄마는 "이거 봐, 현서에게 찍어서 보내봐. 여기 살아야 하나 봐. 현서는 여기 내려와서 어린이집 다녀야겠네."라며 대문에 들어가기 전부터 김칫국 먼저 실컷 마셨다.

새하얀 건물에 걸맞은 나무 대문은 궁전의 입구보다 커 보였다. 창문 밑 작은 텃밭은 잘 자라난 식물들은 앙증맞게 자리를 지키고 있었다. 세입자가 나왔다. 은색 털을 가진 조그마한 강아지도 무지하게 활발한 기운을 띠고 달려 나왔다. 강아지를 따라 집안으로 들어갔다. 북향이라

이른 아침이 아닌 이상 해는 잘 들지 않았지만, 새로 교체한 듯한 LED 등이 집을 유난히 환하게 밝혀주었다. 방 두 개, 작은 거실 하나, 요즘의 취향을 고려한 듯 흰 벽지와 요리 공간이 넓은 새 싱크대는 반짝거렸다. 물도 시원하게 나왔다. 너무 콸콸 나와 당황했다. 벽을 파내어 센스 있는 붙박이형 선반을 보고 집주인이 어떤 사람인지까지 가늠할 수 있었다. 화장실이 작고 층고는 조금 낮았으나 키가 워낙 작은 내게는 딱히 상관없는 것이었다. 다만, 현관문 옆의 흰 벽에 새겨진 'THINK IT. WANT IT. GET IT' 문구는 썩 마음에 들지 않았다. 느리고 소탈하게 살고자 하는 내 마음에 반하는 문구였다. 나는 그 문구를 보며 사지도 않는 복권이 당첨되기를 싹싹 빌었다. 컨테이너 식 외관을 가진 나의 집을 떠올리며 한 번 더 확신했다.

6년 넘게 머물던 휘경동의 월세 20만 원짜리 옥탑방이랑은 비교가 되지 않았다. 거기 전체가 여기 방 한 칸만 했다. 거기의 삐걱거리는 좁은 철제 계단을 올라갈 때는 마음도 같이 불안해졌다. 그 계단은 발목이 부러져서 119를 불렀을 때도 너무 좁아 업히거나 실려 내려갈 수 없어 구급대원들의 응원을 받아 엉덩이로 한 칸 한 칸 내려왔던 기억이 있다. 바깥에 위치한 주방은 겨울에는 춥고 여름에는 몇 시간 안에 모든 음식물을 상하게 했다. 옆 옥탑이랑 딱 붙어 있는데, 펜스가 없어서 점프하면 옆집으로 넘어갈 수도 있었다. 나는 밤마다 누가 이곳을 점 프해서 오지 않을까 바깥의 소리에 귀를 기울였다. 이사를 반드시 가야 할 만큼 불편한 건 아니었지만, 그곳에서 반드시 탈출하고 싶었다. 계 속해서 올라오는 주인집 할머니를 달래줄 에너지가 도무지 없었다. 우 리는 불행과 불행이 겹쳐서 하염없이 하늘만 바라보았고, 그건 내게 좋 지 않은 생각들을 불어다 주었다. 다행히 옥탑 건물의 1층에는 친구 미 혜가 살고 있었고, 남을 잘 챙기는 미혜의 천성을 떠올리니 할머니 걱 정은 더 이상 들지 않았다.

이 집은 옥탑에는 없는 단단한 기운이 집 전체를 머금고 있었다. 모 든 집은 머무는 사람이 기운을 만든다.

보증금 천에 월세 오십오. 서울 한복판에서는 말도 안 되게 좋은 조 건의 집이다. 예쁜 단독주택에 나와 주인 세대뿐이었다. 좋은 매물이 가끔 나온다는 부동산 카페에 눈에 불을 켜고 뻔질나게 들락날락한 보 람이 있었다. 집에 있던 커다란 책상과 차마 가지지 못했던 침대, 눈여 겨보고 있던 예쁜 노란색 1인용 소파를 눈대중으로 넣어 봐도 방은 컸 다. 그 방에서 자고 일어나 창밖의 식물을 보며 작업을 하면 안 써지던

글도 술술 써질 것 같았다. 이사를 위해 본 첫 집이었지만 벌써 우리 집이었다. 수중의 돈을 떠올렸다. 코로나로 일을 쉬게 되면서 돈을 까먹기만 한 까닭에 잔고에는 보증금과 가구 몇 개를 넣을 비용, 두어 달치의 월세 정도밖에 없었다.

인상이 좋아 보이는 주인집 언니가 계단을 타고 내려왔다. 커다란 눈을 끔뻑이는 작은 아이가 안겨있었다. 언니는 "아, 곧 다른 분이 계약 바로 하실 거라고 했는데…." 말을 줄이며 자신이 머무는 3층으로 나를 불렀다. 따뜻한 차를 마시며 이야기를 나누었다. 대화하며 눈으로는 거실을 둘러보았다. 세를 내놓은 1층과 같은 벽지, 다른 바닥의 집이었다. 육아용품이 정리되지 않은 채로 거실 바닥을 채우고 있었지만, 단단하고 어두운 바닥 덕인지 1층보다 우아한 느낌이 들었다. 보행기를 탄 작은 아기는 우리 곁을 머물며 계속해서 끔뻑끔뻑 나를 쳐다보았다. 주인집 언니가 말하길 시부모님은 좋은 사람이 오게 된다면 꼭 그 사람과 계약을 하라고 말씀하셨다고 했다. 주인집 언니의 조건에 부합하는 좋은 사람인지는 모르겠지만, 만약 내가 나쁜 사람이어도 나는 이 온도를 가진 곳에서는 좋은 사람처럼 굴 수 있을 것 같았다. 자신의 강점들을 자랑하는 것이야말로 부끄러운 행위라고 생각하지만, 이 집에 꼭 살고 싶어 내 장점들을 어필하려던 찰나에 언니는 활짝 웃으며 말했다.

"저는 시내 씨라면 좋을 것 같아요!"

　이사 준비는 수월했다. 옥탑의 다음 세입자는 세간살이가 하나도 없어 내 모든 낡은 짐들을 두고 떠날 수 있었고, 다행히 그는 할머니를 맡길 만큼 씩씩하고 건실한 청년이었다. 들고 올 커다란 짐이라고는 책상과 컴퓨터밖에 없어서 7만 원을 주고 용달 트럭 하나와 덩치 크고 숫기 없는 친구 둘을 불렀다. 나는 친구들에게 간짜장에 탕수육을 약속하고 이리저리 일을 시켰다. 생각보다 옷이 많고, 친구들이 점집 같다고 놀렸던 인도에서 사온 직물들을 다 떼어내니 방도 컸다. 할머니는 등이 더 굽은 채로 떠나는 짐들을 보았다. 유난히 말이 없었다. 할머니를 꼭 안았다. 주인집 할머니는 언제든지 밥을 먹으러 오라고 계속해서 읊조렸다. 우리 옥탑은 다들 잘되어서 떠나는 거라고 말을 붙였다. 나는 내가 떠나는 이유를 말할 수 없었다. 그저 싱긋 웃었다. 그곳에 가둔 기억들을 잊고 할머니의 불행으로부터 도망치는 것임을, 내가 이렇게 도망만 칠 줄 아는 간사한 사람이라는 것을 차마 말할 수 없었다. 마지막으로 내가 그 낡은 빨간 벽돌 건물을 올려다보았을 때, 빨래 건조대에는 몇 번이고 빨아 보풀이 잔뜩 일어난 할머니의 일회용 마스크들이 걸려있었다.

새로 이사 온 집에서는 마음이 지저분해질 틈이 없다.

주인집 언니는 종종 직접 구운 빵을 가지고 내려오시고, 언니의 아들 꼬마 관우는 우리 집으로 내려와 그림을 그리고 영화를 보고 숨바꼭질을 하다 언니의 부름에 못 이기듯이 올라간다. 여름이 되면 관우와 수영을 한다. 새하얀 건물의 옥상 작은 풀장에는 근심과 그늘이 없다.

벌컥벌컥 문을 여는 사람도 없고,

시도 때도 없이 잔소리하는 사람도,

친구를 부른다고 혼을 내는 사람도 없다.

한겨울에도 수도가 터지지 않고, 음식은 커다란 냉장고 덕에 상한 적이 없다.

텃밭의 식물들은 쑥쑥 자란다. 창문을 열면 내가 심은 꽃과 풀의 향으로 방안이 가득 찬다.

관우는 곧 7살이 되고, 아영이는 이제 몇 마디의 말과 걸음을 홀로 해결할 수 있다.

관우와 아영이가 훌쩍 크는 긴 시간이 흘러도, 휘경동 옥탑방 할머니는 내 번호를 까먹지 않고 자꾸만 전화를 건다. 고등어를 구워 줄 테니 자꾸만 놀러 오라고 외친다. 그리움과 헛헛함이 담겨 있다.

"할머니, 여기서 거기까지는 한 시간 반이 걸려요."

"응 와, 어여 와. 생선도 먹고, 된장국도 먹자."

한 번도 먹은 적이 없는 걸 알면서도 자꾸만 물어본다. 나는 여전히 휘경동을 떠올린다.

머리카락에 엉킨 씹던 껌처럼, 원하지 않는 어떤 기억들은 통째로 잘라내기 전에는 떨어질 기미조차 보이지 않는다.

새것들이 가득한 이 집에서,

나는 두고 온 이삿짐들이 자꾸만 아른거린다.

두 여자

글을 쓰러 제주 시골에 있는 한 게스트하우스에 달방을 끊어 왔다. 지어진 지 십 년도 훌쩍 넘은 이곳은 유명하지는 않지만, 배낭여행자들 특히 인도나 빠이를 자주 여행하는 오랜 여행자들에게는 알음알음 알려져 있다. 사람이 붐비지도, 다른 숙소처럼 파티를 즐기지도 않는 곳이다. 처음 이곳에 온 건 5년 전인데, 이런 골짜기에 뭐가 있냐 싶다가도, 초록 풀잎이 무성한 작은 시골 마을처럼 꾸며진 이곳이 썩 마음에 들었다. 있을 건 다 있다. 게르도 있고, 커피가 3,000원인 카페도 있고, 거기에는 짜이도 팔고, 다락방 느낌의 작은 바도 있다. 장작을 지펴서 별을 보며 노천탕을 누릴 수도 있고, 덩치만 커다랗고 성격은 소심한 개, 오봉이도 있다. 원래 이곳을 지키던 다른 개 얼굴이는 최근 가출했다고 한다.

무엇보다도 나를 이곳으로 이끄는 건 한 여자 때문인데, 나는 종종 그 여자처럼 살고 싶다는 상상을 하곤 했다. 서울에서도, 인도에서도, 특히 이곳에 와서 그녀를 만날 때는 더욱더. 작은 체구에 구불구불한 검은 머리, 건강하게 그을린 피부, 유난히 어리고 투명한 눈을 볼 때면 때로는 그녀를 향한 숭고한 마음마저 들기도 했다. 국적을 알 수 없는 외모와 다르게 제주 원주민인 그녀는 아주 오래전 이곳을 만들었다. 천천히, 오랫동안 좋아하는 것들을 채워가면서. 이곳에서는 어느 것 하나 그녀의 손길이 닿지 않은 것이 없다. 네팔에서 자주 보인다는 소문도, 인도에서 자주 보인다는 소문도. 홀로 평생을 살아왔다는 소문, 딸이 장성하다는 소문도 그녀 주변엔 늘 맴돌았다. 모두가 그녀를 빔이라고 부르지만 나는 그녀의 이름이 '바람'이라고 생각한다. 제주의 바람처럼 그녀는 자주 나타나고, 자주 사라지곤 했다.

달방으로 온 첫날 밤. 바람은 나를 모닥불로 초대했다. 오직 바람의 번호로만 예약을 할 수 있는 불편함 때문인지 손님은 나밖에 없었다. 그러나 그곳엔 그녀 말고도 그녀 또래로 보이는 한 여자가 있었는데, 둘은 아주 오래된 사이처럼 보였다. 나는 조용히 그들의 이야기에 귀를 기울여 보기로 했다. 장작이 타는 소리와 4월 제주의 밤에 닿는 바람 소리, 그들의 낮고 잔잔한 음성에 나는 별다른 말을 꺼내지 않고도 오래간 그곳에 앉아 술과 말을 곱씹어갔다.

둘은 각각의 느낌으로 대단히 아름다운 사람들이었는데, 바람이 춥고 긴 겨울을 무찌르고 피어난 목련화라면, 여자는 따뜻한 햇볕에서 관심과 사랑을 듬뿍 받고 태어난 백합 같았다. 세상의 모든 고통과 날 선 바람마저도 그녀를 교묘하게 빗겨 나간 듯한 온화한 말씨와 태를 가지고 있었다. 바람에게서 은은히 느껴지는 결핍과 상실 같은 것들이 여자에게서는 전혀 느껴지지 않았다. 여자는 바람과 같은 고등학교 출신이다. 여자가 제주에서 학창 시절을 보낼 때는 잘 알지 못하는 사이였지만, 대학생이던 어느 날 바람이 친하지도 않던 여자에게 연락해 그녀의 집에서 하룻밤을 자고 갔다. 참, 바람같이 굴었다고 생각했다. 그렇게 드문드문 연락하다, 15년 정도는 연락이 끊겼다가, 요즘은 일 년에 한 번씩은 만난다. 여자는 바람이 만든 집에서 오늘 처음 잠을 자기로 했다. 맥주를 많이 마시기도 했고 바람이 지은 별당 독채가 꽤 마음에 들어서기도 했다.

서초동과 대치동에서 지내 온 여자와 인도와 제주도를 오가며 살아온 바람. 너무 다른 두 여자는 계속해서 서로를 캐물었다. 여자가 어떤 영화를 알면, 바람은 그 영화를 모르고, 바람이 어떤 노래를 알면 여자는 그 노래를 몰랐다. 여자가 미래에 대해서 말하면, 바람은 지금에 관해서 이야기한다. 여자는 바람에게 어떻게 먹고 사느냐고, 손님을 많

이 받는 것도, 가격을 많이 받는 것도 아니라고 채근하면 바람은 지금
도 너무 바쁘고, 살아가는 데 돈은 많이 안 든다고, 다 만들면 된다고
말한다. 여자가 정착에 관해서 말하면 바람은 언제라도 바람처럼 모든
걸 두고 떠날 수 있다는 듯 집이 없다고 답한다. 수많은 이야기가 부
딪히고 흡수된다. 끊임없이 흐르는 대화는 자정이 다 되어 가서야 끝
이 난다. 여자는 먼저 바람이 만든 작고 안온한 곳에 잠을 꾸리러 간
다. 바람은 말없이 장작을 태운다. 우리는 한참이고 말이 없는 채로 불
을 바라본다. 일종의 명상이다. 바람은 맥주를, 나는 싸구려 와인을 다
비우고 나서야 자리에서 일어난다. 바람은 불씨가 내일까지 활활 타오
를 거라고 말했다. 어둠에 취해 와인 잔에 꼬인 개미마저도 벌컥 마셔
버린 나를 보고 바람은 소리 내어 웃는다. 바람은 나를 닮지 않았지만,
나는 바람을 닮았다.

  다음 날, 나는 여자가 사주는 고기를 먹으러 나왔다. 내가 며칠 전 시
내에서 산 네 개에 만 원짜리 양말 중 두 개를 여자와 바람에게 나누어
주었기 때문인데, 그런 나의 귀염성이 참 예쁘다고 여자는 말했다. 나
는 샌들만 챙겨오는 바람에 양말이 필요 없기도 했고 그 양말은 옷을
사러 갔다가 살 옷이 없어 멋쩍어서 사 온, 썩 마음에 들지 않는 촌스러

운 양말이기 때문이라는 말은 애써 삼켰다.

여자는 내게 큰 호기심을 가졌는데, 내 또래의 아들 둘을 가진 탓이기도 했다. 딸을 가진 나의 엄마를 부러워하며 계속 질문을 건넸다. 모든 질문에는 의도가 있기 마련인데, 여자처럼 순도 높은 궁금증은 되려 나를 솔직하게 만든다. 불순물이 섞인 질문들은 나를 숨게 하지만, 투명한 호기심은 되레 어떠한 안도로 이어진다. 나는 음식물을 삼키며 친구의 죽음과 그에 따른 불행과 엄마의 반찬에 관해 이야기했다. 여자는 내가 며칠이고 못 먹어서 갑자기 빼짝 말라버린 사람인 마냥 온갖 것들을 먹였다. 그 자리에서 몸국과 돼지고기 400g, 가득 채운 밥 한 공기와 여자가 먹던 멸치국수까지 먹어 치우는 걸 보고 나서야 여자는 만족했다. 여자는 내 말에 간간이 고개를 끄덕이며, 진심 어린 추임새를 몇 번 넣고, 나를 가만히 바라보며 이야기를 들어갔다. 가여운 눈도, 안타까운 눈빛도 아닌 적당히 다정한 온도를 가진 눈이었다.

밥을 먹고 여자와 바람의 차를 타고 육지에서 놀러 온 사람들이 많이 가는 카페로 갔다. 바람은 바람처럼 거칠고, 그러나 완전히 능숙한 태도로 차를 끌었다. 우리가 굳이 먼 곳까지 나가는 이유는 거기서 파는 에그타르트를 사기 위함인데, 바람과 내가 극찬을 하는 바람에 여자도 흥미를 느꼈다. 요즘 베이킹을 배운다는 여자는 어린아이처럼 신

난 목소리로 바람에게 기대감을 토해냈다. 계산하겠다는 나를 만류하고 여자는 에그타르트 열 개를 포장해 차로 돌아가는데, 하필 돌담길이 여자와 바람을 막고 있었다. 나야 당연히 다시 길을 돌아가려 했으나, 여자의 신난 목소리에 나는 뒤를 돌아 그들을 바라볼 수밖에 없었다. 바람이 먼저 돌담을 훌쩍 넘자, 여자는 가득 상기된 목소리로 바람에게 말을 건다.

"나 진짜 넘는다, 진짜 처음이야. 담 넘는 거. 어떡해, 나."

고작 배꼽 아래로 오는 담을 넘으면서, 높은 산을 등정하는 사람처럼 기대와 두려움이 찬 말을 하는 여자를 보며 나는 웃음을 짓는다. 담을 넘는 여자의 올라간 바짓단 위로 내가 선물한 촌스러운 노란색 꽃무늬 양말이 보인다. 폴짝 넘어간 여자를 맞이한 바람은, 여자보다 환한 미소를 짓는다.

여자는 떠났고, 바람은 남아 있다. 바람은 알라딘 바지를 입고 고무화를 신고 또 어디론가 사라졌다. 자꾸 무언가를 만들려 분주한 바람을 볼 때마다 여자가 했던 말이 귀를 감돈다.

"바람은 정말 너무 순수하다니까. 앞으로 모든 결정은 나한테 허락 맡고 결정하라고 했어. 저렇게 몰라서 어떻게 사나 몰라."

나는 그저 담을 넘는 여자를 바라보며 웃던, 바람의 싱그러운 미소를 떠올린다.

K와 떡볶이와 순대

나는 이십 대의 꽤 여러 해를 회기역 인근에서 살았다. 학교를 그만 두고도 한참을 더 회기역에 살았다. 서울의 대부분과 다르게 아직도 빨간 벽돌이 가득한 휘경동은 내가 머무를 수 있는 몇 가지의 이유가 있었다. 그 중 하나가 내게는 음식이었는데, 휘경동에는 내가 세상에서 가장 사랑하는 떡볶이집이 있어서이다. 동네에서 제법 큰 마트 앞에 약간은 초라하게 자리 잡은 노상 점포인데, 그 집은 그 마트 이름을 따서 '서흥 하이퍼 마켓 떡볶이'라고 불린다.

처음 그곳을 알게 된 건 지금은 이름도 가물가물한 중국에서 온 교환학생 친구 K 때문이었다. 테니스 동아리에서 만난 K와 친해지게 된 건 어쩌면 당연한 결과였다. 학기초 과를 겉돌던 나와 아직 한국어가 서툴어 친구가 없는 그는 보자마자 서로의 필요를 느꼈다. 나는 과 친구들과 잘 어울리게 되고 동아리를 그만두었지만, K는 계속해서 연락을 해왔다.

화장을 가르쳐 달라고 했다. 엄마가 준 것 같은 옷을 입고 유난히 까
맣고 촌스러운, 그렇지만 어딘가 순수한 얼굴을 가진 K는 꾸미기 좋아
하는 미대생인 내가 멋져 보인다고 했다. 그 길로 우리는 로드샵을 들
러 갖가지 화장품을 사 좁은 기숙사 안에서 몇 날 며칠이고 화장을 했
다. K는 아무리 봐도 내게 화장을 배울 생각이 없어 보였다. 나를 만나
는 날을 제외하고 좁은 캠퍼스에서 우연히 마주친 K의 얼굴은 늘 새초
롬한 민낯이었다. 구실이 없던 우리의 관계가 그렇게 뜸해져 갈 때쯤 K
는 내게 중국어를 가르쳐주겠다고 했다. 그것도 공짜로. 대신 한국어를
알려달라고 했다. 아르바이트로 모든 걸 연명하던 내게는 너무 달콤한
사치였다. 일주일에 두 번 우리는 몇 달간을 학교 후문의 한 카페에서
빈 노트로 공부를 했다. 몇 달간 공부 약간, 수다 한참을 나누고 남은 것
은 눈에 띄게 늘어난 K의 한국어 실력과 나의 중국어 인사말 정도였다.

니하오, 워찌아오 안 샤오시 니찌아오 셔머 밍쯔. 발음만큼은 중국
인에 뒤지지 않는다고 K는 말했다. 샤오시 역시 K가 내게 준 이름인
데, 내 이름 본래의 뜻과는 관련 없이 그냥 나랑 잘 어울릴 것 같은 이
름을 준 것이다.

캠퍼스 어딘가를 걷다 보면, 샤오시 샤오시 하고 힘차게 울리는 소리가 들린다. 촌스러운 숏컷을 한 K가 내게 달려와 팔짱을 낀다. 우리는 중국어 과외와 화장품 없이도 자연스레 내 아르바이트가 없는 밤과 후를 함께하게 되었다. 여기저기를 쏘다니며 먹은 중국 음식과 한국 음식, 처음 가본 차이나타운과 막걸리. K와 나는 속 얘기를 한 번도 나누지 않아서 어쩌면 먼 사이였지만, 함께 있는 시간이 쌓이고 쌓이며 결국 서로를 필요로 했다.

1년짜리 우정이 막을 내리고 K가 본인의 고향 시안으로 돌아가기 전날, 나는 피씨방과 카페를 전전하며 번 돈으로 한턱내겠다고 했다. 한턱낸다는 표현까지 알아들었던 K의 한국어는 다 내 덕분이므로, K는 자신이 크게 한턱내겠다고 했다. K를 따라 학교 후문을 나와 골목을 구석구석 뒤졌을 때, 스쳐 가면서 보았던 마트 앞 포장마차로 나를 데려갔다. 한 접시에 15,000원이라 통장이 두둑할 때마다 들렀던 횟집 맞은 편이었다. K는 떡볶이 대신 순대를 시켰다. 떡볶이라면 17일 연속으로 먹어도 질리지 않았던 내 기대는 살짝 무너졌다. 순대가 무슨 맛인지 잘 몰랐기 때문이다. 한 봉지를 포장해 검은 봉지에 순대를 안고 다시 K의 기숙사로 향했다.

좁은 기숙사 안에 순대의 꼬릿꼬릿한 냄새가 넉넉히 퍼졌다. 나도 안 먹는 순대를 중국인인 네가 어떻게 먹냐는 물음에 K는 일단 한 번 먹어보라고 권했다. 맛은 잘 기억이 안 나지만, 나는 그때부터 떡볶이를 시킬 때 순대도 꼭 한 접시씩 시켰다. 순대를 먹을 때마다 나는 떠나간 K를 떠올렸다.

한국에 오겠다는 K는 한국에 오지 않았고, 취직을 잘했다는 소식을 마지막으로 들은 채 K는 내 마음속에서 존재하지 않는 사람이 되었다. 순대를 먹을 때 떠오르던 단편적인 얼굴 말고는 무슨 대화를 나누었는지, 걔가 어떤 사람인지 잘 기억이 나지 않았다.

몇 년이 지나고, 여행을 마치고 학교에 복학했을 때 나는 학교 후문 쪽에 살게 되었다. 첫 자취였다. 필연적으로 가장 가까운 마트였던 서흥 하이퍼 마켓과 그 앞의 포장마차는 내가 가장 자주 들르는 곳이 되었다. K를 떠올리며 처음 그곳에서 순대를 집어 먹었을 때, 나는 깜짝 놀랄 수밖에 없었다. 흔한 비닐 껍질 순대가 아니라, 돼지 내장을 사용해 꿉꿉한 내가 나는, 안에는 당근과 청양고추가 들어있는 짜가운 맛의 순대였다.

그 후로 나는 마트에서 장을 보고 나서는 그곳에 꼭 들렀다. 그 앞 횟집에서 친구들을 불러 술을 마실 때도 친구들에게 그 집 떡볶이와 순대를 다 먹었다. 떡볶이 할머니는 몇 번을 봐도 나를 기억하지 못했는데, 그럼에도 외상은 꼬박꼬박 해주었다.

초등학생에게는 오백 원에 이천 원어치를 주는 할머니, 내게는 외상을 해주는 할머니, 가끔 낮에는 동네 할머니들과 거기서 술을 마시기도, 순대 맛은 때로는 너무 짜기도 너무 맵기도 했다.

내가 학교를 그만두고 스스로 사뭇 어른이 되었다고 느껴서도 그곳은 매번 들렀다. 할머니는 어린 시절 자신이 얼마나 고왔는지 얘기를 할 때도 있었고, 이른 새벽부터 나와서 순대를 쑤는 자신의 노곤함을 표하기도, 올해 고추가 맵다는 피상적인 이야기들도 내게 답을 바라지 않고 건넸다. 우리 엄마도, 내 친구들도 모두 그 집 떡볶이와 순대를 좋아했다.

휘경동에서 한참 먼 곳으로 이사를 오고 나서도 나는 할머니가 종종 생각났다. 할머니에 대한 그리움보다는 아직 그만큼 맛있는 떡볶이집이 지금 사는 동네에는 없어서이다. 연한 주황빛 조미료 맛이 가득한 그곳의 떡볶이와 입안을 꽉 채운 순대의 짜가운 맛. 삼천 원만 들고 가도 순대랑 떡볶이를 섞어 가득 담아주시던 키가 작던 고운 할머니. 아직도 순대를 끊지 못해 비닐 껍질의 순대를 꼭꼭 씹으며 떠올리는 할머니와 K의 얼굴. 이제는 친하지 않아 낯선 얼굴들이 계속해서 떠오른다.

자꾸 장난을 치는 사람

네 눈에는 사랑이 방울방울 담겨 있다. 그게 참 예쁘다.

    새벽에서 아침으로 넘어가는 어느 작은 집 안에서 적당히 취한 내게 적당히 취한 당신이 말했다. 그날, 그녀는 나를 처음 봤고, 나도 그녀를 처음 봤다. 그 말의 마침표 후에 나는 귀까지 빨개져 버리고 말았다. 그리고 그 말은 한참 지난 지금까지도 내 마음 안에 또렷하게 남아 있다.

    글을 쓰는 직업을 가지게 되고서 타인들을 관찰하는 습관이 생겼다. 밋밋한 소설을 읽는 독자처럼, 작은 무대에서 열리는 어설프고 위대한 연극을 관람하는 관객처럼 때로는 관조적으로, 때로는 양발을 담그고 그렇게 사람들을 관찰한다. 나는 그들의 입에서 흘러나오는 말들을 주의 깊게 듣고, 그들의 손짓과 몸짓, 눈빛에서 우러나오는 색채들을 면밀히 관찰한다. 가끔은 그 이야기들에 깊숙하게 들어가 눈물을 흘릴 때도 있고, 바라보는 것을 까먹고 함께임을 택한다.

언젠가부터 객체로 살아가는 순간들이 많아졌다. 타인을 관찰하고, 내 눈에 익히고, 그들이 내 마음속에 슬그머니 자리를 잡는 것을 방관한다. 그러나 나는 그들을 바라보는 내 눈빛에 대해서는 생각해 본 적이 없었다. 가령, 내가 사랑을 빠질 때의 눈빛이나 미움으로 가득 찼을 때의 눈빛. 흥미로운 것을 보았을 때, 지루함, 경청, 집중할 때, 술에 취했을 때의 내 모습을 나는 모른다. 얼마나 흥미로운 세상인가라는 생각이 들었다. 가장 잘 안다고 생각하는 존재를 바라볼 수 없음이.

혹시 내 눈빛 어때? 평소나 아니면 너를 볼 때나.

여행을 자주 같이한 친구에게 물었다.

숫기 없고 말도 없고, 늘 무덤덤하게 보이는 수현이 답했다.

음, 잘 안 봐서 모르겠는데, 너는 좋아하는 것과 싫어하는 것들을 바라볼 때의 광도가 달라. 아, 네가 장난을 치려 한다는 건 눈빛만 봐도 알아. 네가 장난치기로 마음먹은 것은 해내고 말겠다는 의지가 눈 안에 담겨서 초롱초롱해져.

나는 여행 내내 수현의 무덤덤한 얼굴에 표정을 주려고 매일 골똘히 고뇌했다. 수현의 작은 몸에 나의 몸을 부딪혀가며 괴로운 표정이나 괴로워하다가 결국 삐져나오는 웃음을 보는 것을 좋아했다. 어느 순간부터 수현은 내가 눈에 장난을 머금고 다가올 때면 한 발짝 떨어지거나, 당하고 나서 "네가 이럴 줄 알았어."라며 손사래를 쳤다.

주변 사람들에게 정말 지긋지긋할 정도로 장난을 치고 산다. 이별한 친구의 집으로 케이크를 들고 가 깜짝 파티해주거나 잠든 친구의 머리칼을 모조리 땋거나, 친구에게 보내는 편지 속에 콘돔을 넣거나, 애인의 집안에 보물찾기처럼 메모들을 숨겨놓거나, 친구들 이름으로 웃긴 삼행시를 짓거나, 처음 본 꼬마의 등을 찌르고 모르는 척한다든가, 휴지 심을 물에 적시고 뭉쳐 대변 모양으로 만든 후 오빠의 놀란 비명에 웃은 적도 있었다. 무서운 이야기를 해서 엄마를 울리거나, 만우절이면 선생님들을 놀리는 것 또한 내 몫이었다. 바퀴벌레 모형이 튀어나오는 장난감을 사는 것도, 친구의 얼굴이 담긴 스티커를 만드는 것도, 모두 내 몫이었다.

나를 이용할 때도 많았다. 친구들 앞에서 웃긴 춤을 추거나, 내 콤플렉스인 넓은 이마를 활짝 펼치며 삼장법사 흉내를 내거나, 핫도그 빨리 먹기 대회 같은 어리석은 대회에 나갔다. 한 교수님은 배를 북처럼 치며 노래를 부르는 내게 시집은 어떻게 갈 거냐고 핀잔을 주기도 했다. 그래도 바보 같은 행위 후 돌아오는 그들의 웃는 민낯이 좋았다. "너 미워."라고 말하는 그들의 목소리에 박힌 애정과 투정이 좋았다. 개구쟁이로 봐주는 시선들이 좋았다.

아주 어렸을 때부터였다. 애정 있는 존재에게 장난을 치던 것은. 회초리에 짐이 담긴 보자기를 걸어 어깨에 얹고 집 나갈 거라고 소리를 치던 7살 때였을까. 엄마가 세상이 넘어가듯 웃었던 기억이 뇌리에 박혀 있다. 어두운 분위기 속에 있으면 내가 삼켜질 것 같은 두려움이 들었다. 언젠가부터 내 간지러운 진심도 들키기 싫었다. 모든 커다랗고 무거운 것들을 가벼이 넘기면, 그게 아무것도 아닌 게 되기 때문일까. 그것도 아니면 무엇 때문일까.

아마 나는 그렇게 계속 무던히 살아갈 것이다. 사랑하는 것들에게 끊임없이 장난치면서. 끝없는 웃음만 끝에는 눈덩이처럼 불어난 어떤 것들을 관망하면서.

스물아홉 먹고도 철딱서니 없는 내 삶의 방식이 맞는지 모르겠다. 어떻게 해야 잘 사는 것인지도 모르겠다. 그냥 울고 싶을 때 울고, 웃고 싶을 때 웃고, 사랑을 어떠한 미사여구 없이 순수하게 전달할 수 있는 사람이고 싶다. 감정을 오롯이 드러내는 어려운 것들을 쉬이 풀어나갔으면 좋겠다. 장난 속에 스며들어있는 사랑을 사랑하는 이들이 알아채 주었으면 좋겠다. 울어도 괜찮다고 말해주었으면 좋겠다. 웃음기 머금은 채 장난치는 나를, 그냥 안아주었으면 좋겠다. 내 눈망울에 방울방울 담겨 있는 당신을 위한 사랑을, 온전히 느껴주었으면 좋겠다.

네가 잠든 사이에

　너의 잠든 모습을 본다. 접힌 귀와 패인 볼 주름, 무방비하게 풀어진 얼굴을 한참이나 바라본다.

　그리고 나지막이 말한다.

　나는 항상 불행이 궁금했어. 사랑이 주는 불행이 무엇인지 궁금했어. 그게 무엇이길래 다들 사랑을 이토록 두려워하는지 너무 궁금했어. 오해 없이 눈을 감은 가장 순수한 모습을 나는 계속해서 바라봐. 네 볼에 손을 얹고 가까이 다가가면 연약한 숨소리가 들려. 유리사탕을 대하듯 나는 조심히 손을 다시 내려놓아. 사랑이 나를 저열하게 만들까 봐, 그것이 너를 깨뜨리게 될까 봐 두려워.

　낭만과 불행으로 살아간 사람. 릴케가 말한 행복이 무서워. 행복이란 곧 겪게 될 상실에서 지나치게 성급하게 취한 이득이래. 나 역시 모든 행복의 결말을 단정해.

그는 말했어. 겨울이 오면 모두 사라지는 것처럼 우리를 둘러싼 아름다움은 결국 모두 죽음을 맞이한다고. 나는 그래서 늘 여름을 좇아.

사랑하는 이야,

내게 용기는 떠오르는 상실보다 커지는 마음이야. 옹졸한 마음이 나를 솎아내지만 나는 겨울을 잊었어.

사랑하는 이야,

계속해서 곤한 얼굴로 잠들어줘. 불행도 아픔도 미련도 없는 가장 태초의 얼굴을 계속 내게 보여줘. 나를 안심시켜줘.

나는 결코 필멸성을 부정하지 못하는 인간이지만,

불행하지 않은 사랑을 꿈꾸어 본다.

사랑의 신에게 기도를 담아

감히 영원을 말한다.

여행을 좋아하지 않는 여행자

어쩌면 나는 여행을 그다지 좋아하지 않는 사람이라는 생각이 들었다. 아니 몇 년 전부터 꽤 자주 그런 생각을 했고, 여행 중에는 보다 더 느꼈다. 코로나19로 2년 가까이 여행을 떠나지 못하게 되자 의심은 확신이 되었다. 한국에 있는 삶이 썩 나쁘지 않았다. 되려 마음이 편했다. 명색이 여행작가인데, 여행을 떠나 글을 쓰고 생을 영위하면서 그런 생각을 가지는 것은 아주 오만한 생각이 아닐까라는 생각이 들었다. 그래도, 아닌 건 아닌 거다.

가장 근래에 확신하게 된 건 친구 C의 말 덕분이었다. 그는 최근 오스트리아에 출장을 다녀와 내게 그 아름다움에 대해서 설명했다.

"시내야, 지금이 적기야. 사람이 없어. 사진 찍으려고 줄도 안 서도 되고, 여유로운 그곳 그 자체야. 나는 비로소 아름다움을 온전히 느낄 수 있었어. 겨울에 떠나게 되면 꼭 유럽으로 가."

왕복 50만 원까지 저렴해진 유럽행 왕복 비행기표와 겨울을 맞아 일루미네이트가 반짝이는 유럽의 거리를 떠올려봐도 내 마음은 조금의 마찰도 허용하지 않는다.

"흐음, 상상만으로도 귀찮은데… 영 구미가 안 당겨."

장황한 일루미네이트가 장식된 유럽의 거리를 쏘다닐 생각만으로도 온몸이 피로해졌다.

"그럼 어디로 가고 싶은데?"
"나야 뭐 인도나, 샴발라 같은 곳."
"그래. 그럴 것 같아. 너는 여행을 좋아한다기보다는 자유를 좋아하는 애니까. 거기도 다 네가 자유를 위해서 떠나는 곳들이잖아."

그녀의 말을 두세 번 곱씹어 봐도 어느 하나 틀린 구석이 없었다. 의뭉스러웠던 내 마음에 그녀는 명쾌한 정답을 내렸다. 사실, 언제나 그랬다. 여행 그 자체의 아름다운 것보다는 그저 나와 정반대의 사람들, 혹은 같은 마음으로 자유를 찾아 떠나온 이들을 관찰하기를 즐겼다. 나를 아무도 모르는 어느 곳에서, 내 모든 배경을 떼어 놓은 채로 나로 지낼 수 있는 그곳이 내게는 완벽한 여행지였다.

사서 고생을 하고 지나칠 정도로 게으른 일상이 담긴 내 여행기를, 여행의 낭만이라고는 쥐뿔도 담기지 않은 모양새를 보고 혹자는 이렇게 말하곤 했다.

"당신의 여행기를 읽으면… 인도는 가기 싫더라고요. 아프리카도. 그냥 보는 걸로 만족할래요."

여행이 달콤하다는 거짓말은 담을 수 없으니까. 그 시기의 여행은 내게 필요한 성장의 도구이기도 했으며 삶을 잠시 지우는 탈출구이기도 했으며, 완전한 타인들에게 말을 건네는 시간이라고 정의할 수도 있겠다. 처음부터는 아니었지만 언젠가부터 이 욕망들을 실현시키기 위한 가장 합리적인 도구가 내게는 여행이 되었을지도 모른다. 이것을 대체할 무언가가 있었다면, 나는 분명 여행이 아닌 그것을 택했으리라. 불안했던 어린 시절을 뒤로하고 안정적인 미래를 꿈꿔왔으며 혼자 노는

시간을 가장 애정하는 내가 여행을 하며 살아가는 일을 하게 되리라고
는 정말 꿈에도 몰랐으니까.

　SNS를 한다. 그것도 아주 열심히 한다. 게시물을 올릴 때마다 고민
한다. 직업이 두 개가 된 덕분이다. 여행작가와 인플루언서. 내게 있어
서 직업이란 그것으로 먹고살 수 있을 때이다. 불과 2년 전까지의 나는
자신을 여행작가라고 나를 소개했지만, 최근에는 콘텐츠 크리에이터
라고 말할 때가 많아졌다. 요즘은 두 개의 직업에서 반반 정도의 소득
을 얻고 있기 때문이다(원하지 않았지만, 코로나 시대엔 어쩔 수 없다). SNS의
세계는 참 괴이해서, 실제의 나의 모습 중 가장 작은 부분인 화려하고
빛나는 모습이 인기가 많다. 편집된 여행사진으로 벌이를 메꾼다. 추잡
하고, 찌질하고 한두 푼에 아쉬운 소리를 해대는 내 대부분의 모습은
그곳에는 잘 없다. 잘 차려입고 멋진 곳에서 각을 맞추어 찍은 사진들
은 즉각적으로 사람들을 당겨온다. 물론, 글을 읽어주는 사람과 사랑의
농도는 다르다. 그러나 사진 속 나는 누구보다 즐거워 보인다. 마치 일
하기 싫은 회사에 출근하는 것처럼 SNS의 세계로 매일 로그인을 한다.
아마 그곳에서 내 이야기를 받아보는 사람들은 뒤편에 새겨진 고단과
사색과 시간을 비집고 나온 고통은 알 수 없을 것이다. 사진으로 남겨

지지 않는 순간들을 알아채기는 쉽지 않다. 사실 나는 여행 중 집에 가고 싶어, 라는 말을 추임새처럼 달고 산다. 내가 좋아하는 '그' 자유로운 여행지에서 겪어야만 하는 수난들은 징그럽다.

여행의 뒷담화를 이렇게나 실컷 했지만, 그럼에도 나는 1년에 1/3 정도는 시간을 내고, 돈을 써서 여행을 한다. 사실 한국에 돌아와서도 거의 제주에 머물렀던 것을 보면 말 다 했다. 그러나 여행은 내게 더 이상 환희와 설렘이 아니다. 기쁨과 향유를 위해서도 아니다.

더 많은 바탕으로 삶을 채우기 위한 삶의 작은 의지 같은 것이다. 그렇게 차곡차곡 쌓여간 사람들과 세상이 내 손가락 아래에서 펼쳐지기를, 한 가지의 눈으로만 세상을 보던 시선을 지우기를, 더 나은 인간이 되기 위한 나의 걸음마이다. 책으로 배우는 세상만이 세상이 아니었음을 알려준 것이 여행이었으니까.

문득 나이 든 내가 궁금해진다.
여전히 썩 좋아하지 않는 여행을 처방전 삼아 살아갈지.
SNS라는 회사에 사직서를 내었을지.
그제야 가득 채워진 마음으로 바뀌지 않는 한 풍경을 나직한 시선으로 바라보며 정말로 하고 싶은 것들을 해나갈 수도 있겠다.

여행은 내게 무엇일까. 미움일까, 도피처일까, 처방전일까.

여전히 숱한 고민을 안고 나는 다음 여행지를 떠올려 본다.

오래오래 행복하게 살았습니다

친구 미림이 결혼을 한다. 이십 대 후반으로 접어들며 몇 번의 청첩장을 받아왔지만, 이렇게 기분이 이상한 건 처음이다. 이십 대에 만난 친구들이 건네는 청첩장과는 별개의 느낌이다. 아직도 여전히 덜 익은 살구 같은 미소가 떠오르는 너. 미림은 청첩장과 함께 전혀 예상치 못한 말을 꺼냈다.

사회는 네게 맡기려고.
그런 건 원래 신랑 친구가 하는 거잖아!
에이, 네가 똑 부러지잖아. 잘할 거야.

겸연쩍었다. "에이 내가 뭐…." 말을 줄이며 칭찬을 사양했지만, 내심 그 무뚝뚝한 내 친구가 나를 그렇게 말해주니 올라간 입꼬리가 내려가지 않았다.

그럼 나는?
너는 결혼식에 늦지나 않는 게 다행이지 뭐!

결혼식에서 자신의 역할을 요구하다 혼이 난 친구 지윤은 투덜거린다.

지윤과 미림, 그리고 나는 열일곱에 만나 스물아홉인 지금까지도 만남을 미루지 않는다. 지금은 미림이 사는 제주에 베이스캠프를 두고 꽤 자주 뭉친다. 얌전해 보이지만 촌철살인을 날리는 미림과 사내대장부라는 별명을 달고 사는 의리 하나만큼은 관우 부럽지 않은 지윤. 미림과 지윤이 가끔씩 치고받으며 싸울 때 둘을 적당히 조율하면서 우리 셋은 꽤나 내실 있는 우정을 다져왔다.

천 원짜리 떡볶이 하나를 시켜 단무지를 왕창 먹던, 동전을 열심히 모아 짜장면을 시켜 먹던, 마트의 시식코너를 누구보다도 좋아하던 풋풋한 고딩 삼총사는 사라진 지 오래지만, 우리가 모일 때만큼은 그 시절의 기억이 사라지지 않도록 하나씩 서로가 잊은 추억을 들추어낸다. 내 사진을 보며 친구와 음담패설을 주고받던 우리 반 부반장을 흠씬 패

준 지윤의 영웅담은 수면 위로 가히 백 번쯤은 떠올랐다. 우리의 대화 수위는 매년 높아져 갔지만, 결혼 이야기는 역시 낯설었다. 미림의 웨딩 촬영날에도 코가 삐뚤어질 때까지 술을 마시고 들어온 나와 지윤을 한심한 표정으로 바라보는 예비 유부녀 미림의 눈에는 걱정도 서려 있다. 그러니 내게 왜 이 어려운 숙제를 내줬냐고, 나는 사랑을 담은 채 그녀의 눈을 흘긴다.

정신을 차리고 보니 미림의 결혼 날짜가 다가왔다. 제주행 티켓을 끊고, 대본을 만지다 아무래도 찜찜해서 축사까지 맡겠노라고 우겼다. 뭘 보고 나를 믿는 건지 흔쾌히 수락하는 미림을 보며 나는 하나뿐인 그날을 위해 몇 번이고 멘트를 되뇌인다.

잠시 후, 신랑 김주현 군과 신부 김미림 양의 결혼식을 거행하려 하오니 로비에 계신 하객 여러분들께서는…

결혼식 준비는 순탄했다. 뻔뻔한 친구 안시내답게 미림의 제주 친구부신부 소정과 신혼집에서 일어나 아침을 시작했다. 미림의 등에 새겨진 덜 지워진 타투에 스티커를 붙여준 것 역시 우리 몫이었다. 신부 메이크업을 하는 미림 곁에서 신부 다음으로 예쁘게 해달라는 말을 덧붙이며 나 역시 메이크업을 받는다. 태어나서 처음으로 돈을 주고 화장을 받지만 절대 아깝지 않을 만큼 똑부러진 인상이 나왔다.

그래, 나 김미림의 똑 부러진 친구 안시내 오늘 잘하는 거야.
실수는 없어.

그렇게 결혼식에 꽤 많은 할당량을 채웠다고 생각하니 그제야 약간은 후련했다.

식장은 호사스러웠고, 오랜 친구인 까닭에 아는 얼굴들이 많이 보였다. 강산도 변하는 시간을 넘게 친구를 하다 보면 친구의 가족은 물론이고 친척과 친구들의 대부분도 알게 된다. 이젠 미림이의 엄마도 내 엄마 같다. 다행히 멀리서 보이는 지윤도 늦지 않게 착석했고, 나는 종종거리며 다시 대본을 읊조린다. 안 떨린다고 스스로를 안심시켰지만, 다리가 후들거리는 건 어쩔 수 없었다.
빛나는 내 열일곱, 함께 손을 잡고 걸어준 세상에서 가장 소중한 신부 미림이 멀찍이 보인다.

조명 탓인지 너무 예뻐서 나는 열일곱 그녀를 처음 본 순간이 다시 떠올랐다.

떨리는 목소리를 보이지 않으려 더 힘차게 목소리를 낸다.

신부, 입장!

순서가 어떻게 지나는지도 모른 채 축사 시간이 다가왔다. 참 주책맞지, 사회도 모자라서 축사까지 맡은 나는. 씩씩하게 웃으며 사회를 봤던 나이기에 떨림 없이 글을 읽어 내렸다.

미림아, 아직도 너를 처음 본 날을 기억해. 17살, 첫 등교의 기대감을 안고 탄 스쿨버스에서 유난히 빛나는 너를 나는 유심히 쳐다봤어. 햇살 틈으로 비치던 검은 긴 머리를 가진 네게 나는 반할 수밖에 없었어. 신이 선물을 준 듯 너와 같은 반이 되고 나는 꿈에 그리던 학창 시절을 보냈어. 수업이 끝나면 떡볶이를 먹으러 가고, 용돈이 모이면 노래방을 가고, 놀이터 그네에 앉아 서로의 가녀린 속살을 드러냈던 그 시절. 네가 제주로 다시 가고 나서도 우리는 열일곱 그 시절처럼 매일 보지는 못했지만

넌 언제나 내가 염려하고, 마음속 깊이 아끼는 친구야.

 큰일이다. 미림과 눈이 마주쳤다. 이미 쓰면서 울어서 더 이상 눈물
은 나오지 않을 것 같았는데, 눈을 마주치자마자 눈물이 한 모금 고여
버렸다. 대본이 잘 보이지 않았다. 미림은 나와 눈이 마주치자마자 고
개를 돌렸다. 오래된 친구들은 눈만 마주쳐도 안다. 그녀의 눈앞에는
식장 대신 가장 순수했던 순간들이 뭉게뭉게 펼쳐지고 있었다.

 *그러다 스물넷 어느 가을밤, 너는 내게 보여줄 사람이 있다며
 우리 동네로 왔어. 지금 저기 보이는 네 멋진 신랑 주현이를 데
 리고 말이야. 내가 주현이를 보자마자 박수 친 거 기억나? 드디
 어 찾았구나, 네 짝. 둘은 평생 갈 거라고 너스레를 떨며 말이
 야. 네 오랜 친구인 나는 보자마자 알겠더라고. 저 사람이면 우
 리 미림이를 마음 놓고 맡길 수 있다고. 세상에서 하나뿐인 든
 든한 친구이자 사랑하는 연인, 나아가 평생을 함께할 동반자가
 될 거라는 기대가 들었어. 몇 년을 함께하는 너희를 보며 기대
 는 확신이 되었어. 이토록 단단한 사랑을 내 눈앞에서 보는구
 나. 오래오래 미림이가 행복할 수 있겠구나. 둘을 닮은 아이는*

참 고운 아이겠구나.

오래된 친구는 안다. 본인보다 섬세한 시선으로 벗의 반려자를 바라본다. 혹시라도 내 소중한 존재에게 작은 생채기라도 낼까, 예민하고 까칠한 시선으로. 그래서 나는 미림의 모든 애인을 볼 때마다 반대했다. 걔네는 눈빛이 영 형편없었다. 예상대로 얼마 안 가서 헤어지거나 모진 말을 하는 사람들이었다. 그러나 지금 미림의 곁에 있는 저 남자는 온 마음을 다해 사랑하는 사람들이 가진 눈을 미림을 보았고, 나는 본 날부터 자연스레 그와 친구가 되었다.

주현아. 늘 알아서 씩씩하게 잘하는 너니까 별말 안 할게. 미림이는 나와 함께 신목고 삼대 얼짱을 맡았던 귀중한 사람이야. 그러니 소중한 마음 다치지 않도록 많이 아껴줘. 어떤 힘든 일이 닥쳐와도 너는 미림이의 손을 끝까지 잡아주는 사람일 걸 알아서 미리 고마워. 단단하게 모두를 아우를 수 있도록 잘 커줘서 정말 고마워. 미림이를 한눈에 알아봐주고 가장 행복한 신부로 만들어줘서 고마워. 동화의 마지막 말 '오래오래 행복하게 잘 살았습니다.' 바로 너희 부부의 시작일 거야.

내 어이없는 멘트로 식장 안의 사람들은 웃음 지었으나, 나는 목에 이끼가 낀 듯 먹먹한 목소리를 낼 수밖에 없었다. 모두가 웃고 있었다. 미림의 엄마마저도 후련한 표정으로 미림을 바라보았다. 그러나 저 멀리서 지윤은 엉엉 울고 있었다. 지윤의 눈 역시 우리의 열일곱을 머금고 있었다. 우리의 열일곱이 한 가닥 매듭지어진 기분이 들었다. 우리는 아마 같은 마음이었을 거다. 철딱서니 없던 십 대와 이십 대 초반을 함께 보내고 어느새 우리와 속도를 맞추지 않고 먼저 어른이 되어가는 미림을 보면서 지윤 역시 수많은 생각을 했나 보다. 여러 생각의 결들 속에서 결국 우리가 바라는 것은, 미림이 정말 오래오래 행복하게 살기만을 바라는 것이기에. 우리는 계속해서, 계속해서 행복을 빌었다. 모든 불행이 다 비껴나가기를 정말 간절하게 빌었다.

소위 말하는 완전한 가정의 행복을 나는 모른다. 내가 아는 부부 관계라고는 고작 어린 시절 봐온 '사랑과 전쟁'이 전부였다. 다른 건 믿지 않았다. 믿고 싶지 않았다. 그게 내 세상이었다. 주먹보다 작은 존재이던 나를 저버린 아빠와 엄마의 떠나버린 몇 애인들을 떠올리며 생각은 굳혀졌다. 역시 한 평생 서로를 사랑하는 일 따위는 없어. 내 인생에 결혼은 없어. 실컷 연애하고 일하고 좋아하는 사람들을 만나자. 마음의 파도가 일지 않는 삶을 살자. 애초부터 마음을 주지 않으면 상처를 받지 않을 거야. 그러니 더 씩씩하게 살자.

어린 시절 내 다짐은 나를 홀로 설 수 있도록 강하게 만들었지만, 나를 외롭게 만들었다. 내 어느 책에는 이런 말이 있다. 스물셋, 킬리만자로 등정 후 쓴 이야기다.

숨이 계속해서 막혀오고 졸음은 미친 듯이 몰려왔다. 정신이 몽롱하다. 졸면 안 된다. 5,500m. 경사는 미칠 듯이 가팔랐고, 이미 내려갈 수도 없는 상황이었다. 쏟아져 내리는 별들 따위는 눈에 보이지도 않았다. 캄캄한 어둠과 헤드랜턴에 의지한 내가 나아가야 할 길뿐이었다. 화산재 자갈길은 내 마음을 조금도 모르는지 한 걸음 내딛으면 두 걸음 미끄러져 내려갔다. 혼자서 끝말잇기를 해가며 졸음을 버텨냈다. 길은 정말로 끝이 없었다. (중략) 나는 몇십 번을 넘어져도 다시 일어났고 다리가 삐끗하면 기어서라도 정상을 오르는 사람이다. 약한 줄 알았지만, 생각보다 강한 사람이다.

그러나 나는 오늘, 주현의 손을 잡고 걷는 미림을 보며 생각한다. 사념 없이, 온 마음으로 서로를 신뢰하는 눈짓을 바라본다. 모든 걸 터놓는 입을 본다. 자신보다 상대를 사랑할 수 있는 마음의 그릇을 보며 나를 떠올린다.

넘어지면 혼자 우뚝 일어나는 사람도 강하지만, 손을 내뻗을 수 있는 사람이야말로 실로 단단한 사람임. 사랑하는 이가 떠나지 않을 믿음으로 온 마음과 나누는 것이야말로 정말로 큰 용기라는 것을. 나는 누구보다 강하지만 사실은 가장 약한 사람이라는 것. 누군가가 내어준 손을 기꺼이 잡았을 때 가슴 속에 차오르던 사랑들이야말로 나를 보다 완전하게 만들었음을 사실은 나도 알면서. 결국은 사랑과 믿음만이 이 지독한 세상의 전부라는 것을, 오랜 친구의 걸어가는 뒷모습을 보며 생각한다.

나는 먼 훗날 우리 셋의 나이 든 모습을 그린다. 우리의 아지트인 미림의 제주 집에 모여 남편에 대한 험담을 한다. 육아의 고뇌를 터놓는다. 투정 끝에는 결국 자신의 영원한 사랑들을 앞다투어 자랑한다.

아마 우리의 결말은 여느 동화처럼 사랑하는 이들과 함께 마지막을 장식한 한마디로 끝날 것이다.

그래서 공주와 왕자는,

때로는 울고 때로는 무너져도

그래도 서로의 손을 잡아 일으켜 세우며,

혼자일 때보다 훨씬 자주 웃으며,

오래오래 행복하게 살았습니다.

새벽 3시의 떡볶이와 맥주

자고 일어나니 못 본 새에 볼에 커다란 여드름이 났다. 얼마나 큰지 멀리서 거울을 보러 다가가는 순간에도 볼에 올라온 붉은빛이 선명했다. 언뜻 보면 작은 젖꼭지 같이 보이기도 했다. 석회수와 흙탕물을 끼얹어도 평생을 트러블 한번 없이 튼튼한 피부로 살았는데, 한 달 전 턱 끝부터 시작한 여드름이 볼까지 올라온 것이다. 이건 무언가 대단한 변화가 생긴 것임에 틀림없었다. 볼에 새로 난 친구와 이미 한바탕 전쟁을 치르고 간 턱의 얼룩덜룩한 자국들을 보면서 온 얼굴이 여드름으로 뒤덮이는 상상을 했다. 미루고 미루다 타고난 게으름보다 걱정이 커진 오늘 나는 병원으로 향했다. 집에서 가장 가까운 병원이었다.

허름한 음식점과 병원에 대한 묘한 자부심과 확신이 있다. 음식점의 경우 대개는 맛있었고, 그것은 허름한 모양새로도 오래도록 가게를 유지한 것에 대한 반증이었다. 병원 같은 경우에는, 회기에 있던 정지은 한의원과 얼마 전까지 다녔던 한마음 정신의학과 모두 나의 병들을 말끔히 낫게 해줬기에 오래된 병원도 꺼리지 않았고, 보통 내 집에서 가까운 병원들은 죄다 허름했다. 서피부과의원은 입구부터 심상치 않았다. 건물 유리문에 붙은 스티커 글자들은 이 동네의 모든 황사와 폭우를 겪은 듯했고, 낡은 건물의 계단은 청소를 1년에 한 번쯤 하는 듯했다. 병원 내부는 낡고 단출했지만 깔끔했는데, 아주 오래된 가구를 반짝일 정도로 멋스럽게 다루던 어느 여행에서 만난 할머니 집이 생각났다. 다만, 늘 붐비던 정지은 한의원이나 한마음 병원과 다르게 대기하는 환자가 단 한 명도 없었다. 다만 우리 엄마보다 고작 몇 살 정도 어려 보이는 나이 든 직원의 피부가 복숭아처럼 빛나고 있었다.

예상과 다를 바 없이 머리가 희끗희끗한 노년의 의사가 나를 반겼다. 나는 잠시 마스크를 벗고, 숨과 말을 참으며 열꽃이 가득한 내 얼굴을 보여주었다. 유난히 인자한 얼굴로 선생님은 내게 말을 전했다.

"이제부터 시내 씨는 계속 여드름이 나는 피부가 될 거예요. 사라졌다가 나타났다가, 어쩌면 계속 함께 할 수도 있겠고요. 여러 가지 이유겠지만 이미 피부가 무너져 내렸거든요."

너무 끔찍한 말을 인자한 표정으로 말하는 모습에 저 돌팔이 선생이 무슨 말을 하느냐는 눈으로 쳐다보다가 혹시라도 내가 피부과 경험이 처음인 걸 눈치채서 바가지를 씌우려고 하는가, 그러기엔 레이저 같은 기계도 없어 보이는데, 생각은 꼬리에 꼬리를 물고 마침내 그가 가짜라는 생각까지 들었다. 그래, 분명히 이 의사는 가짜 의사일 거야. 나는 조용히 선생님을 노려보았다. 그리고 다음 말에 나는 선생님을 전적으로 신뢰할 수밖에 없었다. 그는 이미 나에 대해 속속들이 아는 사람처럼 말을 했다.

"자, 시내 씨가 원래의 피부로 돌아갈 수 있는 방법은 단순하고 어렵습니다. 술과 담배를 좋아하지요? 식습관도 고쳐야 해요. 스트레스가 많을 수도 있겠고. 혹시, 나름대로 관리하느라 이상한 필링 젤을 쓴 것은 아니겠지요? 여드름을 가리려고 화장도 계속 고치나 봐요. 음주와 흡연을 멈추고, 스트레스받을 상황을 줄이세요. 화장은 당분간 하지 말고요. 약과 크림을 처방해 줄게요. 주사요? 레이저요? 아니요. 시내 씨는 근본적인 걸 고쳐야 해요."

약을 처방받고 돌아오는 길은 비참하고 심통했다. 내가 사랑해 마지 않는 모든 것들을 어떻게 끊냐는 생각이 들었다. 내 인생에서 가장 소중한 세 가지를 말하라면 나는 단연코 술과 글과 사랑을 꼽을 것이다. 두 가지를 더 고르자면 담배와 떡볶이일 것이다. 그러니까 사랑 말고는 내가 사랑하는 모든 것들을 멈추어야만 얼굴에 일어난 모든 사태가 진정되는 위급한 상황에 부닥쳐버렸다.

스트레스는 어떠한가. 스트레스를 줄이는 것은 술과 담배와 떡볶이를 끊는 것보다 내겐 더 어려운 과제다. 요즘 글을 써서 특히나 그렇다. 흰 바탕에 까만 글자는 쉬이 나를 고통의 순간으로 몰아넣는데, 요즘 쓰는 글들이 특히 무거웠다. 나는 그런 상황이 오면 커다란 무게 추 같은 것이 나를 짓누르는 기분을 느끼곤 한다. 아득해서 형체와 무게를 알 수 없는. 알아채고 난 후에 쉬이 병이 날 수 있는. 그러나, 어두운 순간을 마주하는 것과 울퉁불퉁한 글자 속에서 발견하는 미처 눈치채지 못한 삶의 작은 부분을 발견하는 건 나의 낭만이고 쾌락이다. 글 속에 나를 가두는 상황이 썩 싫지 않다. 글을 업으로 삼는 사람들은 필연적으로 스트레스를 달고 살 수밖에 없다. 그러니 선생님의 말은 사형선고에 가까웠다.

집에 오자마자, 나름대로 관리를 해보겠다고 산 이상한 화장품들을 버리고 가장 기본적이고 단순한 화장품들만 화장대에 올렸다. 깨끗이 세수를 한 후 선생님이 준 연고를 짜서 얼굴에 발랐다. 커피 대신 차를 끓이고, 피우려던 담배를 집어 놓고 냉장고의 맥주를 외면했다. 찬장 속에 숨겨둔 편의점 떡볶이랑 눈이 마주칠까 봐 찬장 쪽으로는 시선을 주지도 않았다. 내일의 술 약속을 미루기 위해 전화를 걸다가 금세 그만둬버렸다.

역시, 아무것도 포기 못 할 것 같다는 생각이 들었다. 술 취한 채 돌아오는 뺨에 닿는 유난히 다정한 밤의 공기와 술잔과 술잔이 부딪치며, 서로의 그윽해지는 눈을 바라보며 털어놓는 달고 쓴 이야기들. 오래전을 회상하며 짓는 웃음을. 훅- 하고 연기를 들이켜면 가라앉는 심연의 고통. 사랑보다 달콤하고 말랑한 떡볶이. 나는 어쩔 수 없는 사람이구나 하고 웃음이 터졌다. 거울을 보니, 울긋불긋 피어난 여드름이 사춘기 소녀처럼 예뻐 보였다. 키우던 식물들도 다 죽인 나인데 한 달이 넘도록 곁에 있어 주는 그들의 생존력이 감탄스럽다.

글을 쓰다 말고, 찬장을 연다. 아껴둔 편의점 떡볶이에 손을 뻗는다. 익숙하고 다정한 맛이 혀를 감돈다. 냉장고를 열어 맥주를 꺼낸다. 목을 통해 내려가는 청량감이 이루 말할 수 없다. 귀에 익은 노래가 들린다. 떠난 사랑을 말한다. 오랜 시간과 기다림이 만들어낸 무거운 공기가 나를 누른다. 나는 나를 말릴 틈도 없이 그 기억 속에 갇혀 버리고 만다. 어쩔 수 없는 인간이라는 생각이 들었다. 분주한 아침보다는 느린 새벽. 내일의 하루보다는 과거의 추억. 오래된 기억 속에서 홀로 헤엄치는 걸 가장 좋아하는, 떡볶이와 맥주와 담배와 낭만을 사랑하는 스물아홉의 나.

그녀의 웃는 모습은 활짝 핀 목련꽃 같애
그녀만 바라보면 언제나 따뜻한 봄날이었지
그녀가 처음 울던 날 난 너무 깜짝 놀랐네
그녀의 고운 얼굴 가득히 눈물로 얼룩이 졌네
아무리 괴로워도 웃던 그녀가 처음으로 눈물 흘리던 날
온 세상 한꺼번에 무너지는 듯 내 가슴 답답했는데
이젠 더 볼 수가 없네 그녀의 웃는 모습을
그녀가 처음으로 울던 날 내 곁을 떠나갔다네

- 김광석 「그녀가 처음 울던 날」

당신에게서 졸업하고 싶지 않습니다

"우리는 언제까지 이렇게 친할까, 이렇게 노는 것도 곧 끝나겠지. 몇 년은 될까. 나 벌써 아쉽다."

이십 대 초반, 청량리의 술집에서 한창 잘 어울려 놀던, 졸업을 오랫동안 하지 못했던 동아리 언니가 내게 말을 했다. 당시 술에 거나하게 취해있던 나와 내 친구들은 무슨 말을 하는 거냐며 우리가 어떻게 멀어질 수 있겠냐며 언니를 책망했다. 당시 26살, 내 기준으로는 아주 어른이었던 언니는 코웃음을 치며, 너네는 아직 어려서 아무것도 모른다고 말했다. 3년 전의 자신은 다른 친구들과 있었고, 5년 전의 자신 또한 다른 친구들과 있었다고. 모든 인간관계는 끊어지거나 그렇지 않더라도 멀어지고 만다고. 늘 타오를 수 없다고. 당시에는 언니의 말이 이해가 안 갔다. 이렇게 매일 만나고 첫마디만 지어도 끝마디를 다른 사람이

던질 줄 아는, 마치 뉴런이 하나로 이어진 듯 웃음 코드마저 같은 이 재미난 관계가 어떻게 사라질 수 있을까 라는 생각을 했다.

신기하게도 언니 말은 어느 정도 맞아떨어졌다. 당시 놀던 친구 A는 약대로 편입에 성공해 다른 지역으로 가버렸고, 친구 B는 취업 준비를 한동안 못 나오게 되고, 그 언니와 나는 사소한 이유로 소원해져 버려서 더는 만나지 않는 관계가 되었다. 내가 계속해서 여행을 다니는 동안 틈은 더 커져서, A와 B와는 겨우 1년에 한 번 정도 만나는 사이가 되었다. 안 친하다고 말하긴 어렵지만, 그때처럼 모든 것을 공유하는 사이는 분명 아니다. 내가 누구를 만나는지, 요즘 어떤 것이 내 마음을 끓게 하는지 모르는 그들과 여전히 높은 온도를 지니고 있다고 말하기는 어렵지 않을까.

이렇게 떠난 인연들을 생각하면 서운하다. 드문드문 올라오는 어린 날의 우정과 사랑이 유난히 빛나서일 수도 있다. 싸워서도, 미워할 이유가 있어서가 아니라 자연스럽게 멀어진 미지근한 친구 관계와 기억 속에만 존재하거나 애매한 친구가 되어버린 옛 연인들. 결국, 언니의 말이 어느 정도 맞았음을 인정한다. 우리가 나누던 속 깊은 대화와 함께 겪은 모든 낮과 밤은 시간 앞에 속절없이 무너졌다. 만남과 이별이 차곡차곡 쌓여서 일상이 되고, 미련 없는 관계에 안도해버린다. 이런

게 어른인 줄 알았다면 나는 어린 시절, 어서 어른이 되고 싶다고 절대로 말하지 않았을 거다.

재미없는 어른이 된 나는 작은 선의에 감동하고, 아름다운 풍경에 눈물을 흘리던 순수의 시절이 가끔 그립다. 다치고 넘어져도 다시 씩씩하게 일어나 걸어가려던 청년, 낯선 이를 알아가는 호기심 많은 여행자. 반짝거리는 어린아이의 눈. 쉬이 기대고 위로받는 누군가의 친구는 어디로 갔을까.

요즘의 나는 마음이 고장 난 사람 같다. 모든 것에 무디다. 예전 같았으면 잔뜩 성을 냈던 일들도 '그랬구나, 그럴 수도 있지.'란 말로 치부한다. 기쁘거나 즐거운 일들도 너무 작게만 느껴진다. 좋은 노래에 심장이 짜릿하던 느낌도 오래전의 기억이고, 그렇게 좋아하던 소설을 읽을 때도 그 속에 빠져 유영하기보다는 문장을 하나하나 뜯어보고 있다. 사람들의 연락이 마냥 반갑지 않다. 갑자기 다가오는 사람들로부터 도망친다. 작은 하루로도 수많은 이야기를 만들던 나는 어디로 갔을까. 사람에 대한 맹목적인 믿음을 꾸중하던 그 어른들처럼 되어버린 걸까. 마음속 이야기 주머니를 밤사이에 누가 잠근 걸까. 나와 함께 놀던 나의 수많은 친구도 같은 마음일까. 자꾸만 변해가는 나처럼 당신들도 변했을까.

글을 쓰다 말고 친구 A가 그리워져 그에게 연락했다. 1년 만이다. 서로의 서운함은 가린 채로 안부를 묻고, 나는 제주에 갈 것이라고 말한다. 친구는 요즘도 잘 지낸다고, 너 역시 여전하다고 형식적으로 답한다. 나는 한 번 더 용기를 내어 혹시 내가 있는 제주에 놀러 오지 않겠냐고 물었다. 예상외로 금방 대답이 왔다.

'그래, 갈게.'

어쩌면 빈도와 온도가 중요한 게 아닐지도 모르겠다는 생각이 번쩍 들었다. 그리고 그도 나처럼, 그리운 걸지도 모르겠다. 비록 그때처럼 서로를 온전히 다 알지는 않더라도 서로의 가장 생기 있던 순간을 이미 마음 한켠에 간직한 채로, 적당히 미지근하게 지낼지라도.

모든 것이 사무치게 외로운 어느 밤, 나는 생각한다. 아직도 당신들의 오래된 친구로 남아 있길 바란다고, 나를 영영 지우지는 말아 줬으면 한다고. 여전히 당신들에게서 졸업하고 싶지 않다고.

Dream house

    코바와 나, 그리고 수는 인도 아람볼의 어느 대낮에 동네에서 가장 인기가 좋은 카페로 향했다. 그곳에 오래 머물게 되며 바다에 젖거나 명상만 하는 잔잔한 일상이 지루해졌을 때쯤 수는 이끌었다. 대낮이었지만 코바는 잔뜩 취한 상태였는데, 나와 수는 늘 신비로운 이미지를 유지하던 코바의 풀린 눈을 보고 이때다 싶어서 질문 공세를 퍼부었다.

    수가 물었다.
"지금 기분이 어때?"

    코바는 답했다.
"기분?"

수와 코바는 계속해서 대화를 이어갔다.

"응, 나는 지금 여기 와서 기분이 좋거든, 나무랑 저 사람이 부르는 노래랑…."

"음… 내가 느끼는 거랑 같네."

당시 나는 순간을 오래도록 남기고 싶어 만나는 모두에게 인터뷰를 하고 그것을 영상으로 남겼다. 인생에서 언제가 가장 행복했는지, 혹은 10년 후의 자신은 무엇을 하고 있을지, 언제 죽을 건지, 행복이란 무엇인지 같은 뻔하기 짝이 없는 질문이었다. 대부분의 여행자들이 주고받는 이야기다. 그러나 각양각색의 대답들은 나를 계속 질문케 만들었다. 코바는 계속해서 말을 이어갔다. 취기에 젖은 그는 술술 속마음을 불었다. 지금 기분이 어떠냐는 단순한 질문이었지만 유달리 장황했다.

"음, 나는 잘 모르겠어. 지금의 감정을. 너무 두꺼운 페르소나 때문에. 나는 나의 진짜 마음을 알려고 하는 중이야. 내가 뭘 원하는지, 나는 모르거든. 정말 솔직하게 말하면 그게 지금의 기분이야."

코바는 말이 많거나 밝은 편은 아니어서 처음의 우리는 말할 기회가 많지는 않았다. 덥수룩한 수염과 긴 머리는 덕에 누구보다 여행을 오래 한 듯 보였지만, 그건 코바의 평소 스타일일 뿐 이번 인도가 그에게는 처음이라고 했다. 처음 여행의 이유를 물었을 때, 그는 무언가 행복이란 것의 근처에 가볼 수 있을까 싶어서, 그래서 떠나왔다고 했다.

그렇다고 하기에 코바가 말하는 코바의 삶은 혹독했다. 그는 세상의 가장 끝에 사는 사람이었다. 죽음과도 멀었지만, 세상의 온기와는 정반대에 서 있었다. 도망치는 인생을 살았고, 그는 인생을 되돌릴 수 없다고 했다. 심경을 전혀 알 수 없는 삶이었다. 하지만 그는 죽음과 먼 사람인 것처럼 '악'과도 정반대의 성품을 가진 사람이었다. 그가 사는 곳에서는 그를 악으로 내몰지는 몰라도 그의 눈빛을 마주한 사람은 분명 알 것이다.

테이블에 널브러져 있는 티슈에 그림을 그리자고 제안했다.

우리의 Dream house였다. 우리는 각자 좋아하는 것들을 드림하우스에 넣었다.

작은 오두막 앞에는 야자수와 해변과 조개껍데기가 있다. 다 핀 꽁초를 담을 캔이 있다. 활짝 열어놓은 문 앞에는 수를 위한 침대, 나를 위한 컴퓨터가 있다. 궁짱을 위한 아름다운 여인이 누워있다. 수와 코바를 위한 작은 도기는 사료를 먹는다. 그리고 시계를 그렸다. 코바가 일본에서부터 가지고 떠나왔다는 아주 값비싼 시계였다. 코바에게 네가 잠든 새벽 언젠가는 꼭 훔치고 말 거라고 선포했던 시계다. 우리의 생계를 위해 필요했다. 엉망진창인 그림을 보고 우리는 와자지껄 웃다가 눈이 마주친 그에게 다시 묻는다.

"Are you happy?"

"Of course."

"How come?"

"There is no reason to be unhappy."

강아지와 시계와 조개껍데기가 있는 우리의 드림하우스를 상상하며 우리는 세상의 끝을 저 먼 곳으로 보낸다.

Paradise in your heart

중년에는 불가해함이, 당혹스러움이 있다.

이 시간 내가 가까스로 알아낸 것은 일종의 외로움이 전부다.

눈에 보이는 이 세계의 아름다움조차 무너져 내리는 것 같다.

그렇다, 사랑조차도. 뭔가가 잘못되었다는,

어디선가 길을 잘못 들었다는 느낌이 든다.

그러나 언제 그런 일이 벌어졌는지 알 수 없고,

알아낼 수 있으리라고 기대하지도 않는다.

– 존 치버 『존 치버의 일기』

인생을 잘 살아온 중년의 얼굴 주름 사이사이에는 역경을 헤친 아름다움이 묻어 있다.

고운 마음으로 표정을 지은 얼굴의 주름과 미운 마음이 쌓여 만들어내는 주름이 완연히 다르다. 수난을 이겨낸 흔적들은 우리를 깊은 곳으로 숨겨준다. 그러나 미운 주름들은 나이가 든 어느 날 드러난다. 아름다운 삶을 산 사람들은 웃음 그대로 주름져있다. 생은 얼굴에 주홍글씨처럼 새겨지고 만다. 나는 아주 어린 시절부터 이 사실을 믿었지만, 더 확신하게 된 것은 '파파 부'를 만났을 때다.

부는 태국 빠이를 여행하면 누구나 한 번쯤 봤을 만한 사람이다. 허리까지 오는 긴 드레드 머리는 딱딱한 나무껍질같이 굳어 있다. 거적대기를 입었지만, 질 좋은 마 소재의 옷이 자연스럽게 낡아 몸에 붙으며 따라 할 수 없는 태가 난다. 나는 그를 샴발라 페스티벌에서 만나 빠이까지 함께 하게 되었다. 비행기 티켓을 세 번 끊은 이유 중 하나는 그가 만든 똠양꿍 레시피를 훔치고 말겠다고 다짐한 까닭도 있었다. 향신료가 그렇게 진득하지만 희한하게도 집에 관한 향수를 일으키는 맛이었다.

"헤포파! 헤포파!"

우리가 만난 샴발라 페스티벌에서는 누구나 헤포파를 외친다. 이 작은 축제를 만든 기획자마저 그 뜻을 모른다. 그래서 각자의 해석이 있는데, 나는 그것을 'Happy forest party'라 해석한다.

축제의 이름은 'Shambhala in your heart'. 매년 겨울에서 봄 사이, 전 세계의 히피들이 태국의 북부로 모인다. 장소는 매번 바뀌지만, 하늘과 가깝고 유난히 뜨거운 태국의 볕을 피할 수 있도록 수풀이 우거진 곳이다. 열흘 동안 마을을 꾸려 함께 산다. 음악과 불놀이와 아프리카 댄스와 각자 만들어낸 요리가 있다.

나는 그곳에서 만난 부를 통해 그들의 원칙을 배웠는데, 아주 쉬웠다. 사람을 관찰하는 사람들은 하고 싶으면 하는 거고, 아니면 하지 않는다. 춤을 추고 싶으면 밥을 먹다가도 춤을 추고, 노래를 부르고 싶으면 누워있다가도 노래를 부른다. 내 현재의 앗아가는 전자기기에 둔감하다. 서로가 서로를 사랑한다. 이곳 밖의 모든 것들도 사랑한다. 국적도 종교도 무의미하다. 가까워지는 것도 멀어지는 것도 두려워하지 않는다. 자신을 진정으로 생각하는 사람만이 남을 진정으로 생각할 수 있다. 어둠으로부터 도망치지 않는다. 안기는 법을 안다. 마음을 다한 무언가를 의심 없이 온전히 받아들인다. 눈물을 쉽게 흘릴 수 있다. 그래서 그들은 슬픔 없이도 울 수 있다. 부는 이 모든 걸 통달했고, 그래서 부의 주름은 누구나 안심하게 만들었다.

축제가 끝나고도 우리는 빠이로 거처를 옮겨 일상을 함께했다. 우리는 러시아에서 일본에서 프랑스에서 태국에서 한국에서 온 이들이었지만, 모두의 중심에는 부가 있었다. 광활한 자연 앞에서 기타를 치고 노래를 부르고 책을 읽고 춤을 추고 그날 돈이 있는 사람이 사온 재료를 부에게 건네면 부는 끝내주는 태국 음식 한 상을 내온다. 몇 번이고 요리하는 부 곁에 머물며 똠양꿍 레시피를 훔치려 했지만, 부와 얘기를 하다 보면 똠양꿍은 이미 머릿속에 없었다. 나는 어느 순간부터 '파파부'라고 그를 칭하며 따라다녔다.

방콕에서 잘 나가던 패션 회사를 운영하던 그는 어느 순간 모든 것을 뒤로하고 태국 북부의 작은 마을 빠이에 왔다. 그곳은 태국의 히피들과 쉼을 추구하는 여행자들이 모여 사는 곳이다. 아직 아스팔트가 깔리지 않은 흙먼지 날리는 빠이의 길은 그곳에서 삶을 영위하는 사람들을 잘 설명해준다. 부의 말의 대부분은 농담으로 가득했지만, 그의 말에 담긴 진심은 누구나 알아챌 수 있었다. 허그를 하면, 부는 우리를 안으며 동시에 외치고는 했다.

"Take shower, first! Not good smell."

나는 그를 쫓아다니며 요리와 정원을 가꾸는 법을 배웠다. 사랑하는 이를 위한 요리는 마음속의 정원을 가꾸기에 가장 좋은 방법이었다.

"Happy food, Happy life."

그의 외침을 들으며 칼질을 하는 순간만큼은 한국에서의 징그러운 삶과 시선이 뭉개졌다. 그는 특히 나에게 사람을 더 온전히 아끼는 법을 가르쳐주었는데, 온전히 나만 생각하는 법까지 동시에 가르쳤다. 이 상반된 두 가지가 함께 해야만 우리의 정원은 완전해졌다. 나는 빠이의 뻥 뚫려있는 하늘을 보며 마음의 가지들을 차근차근 정리해갔다. 좋아하지 않지만 필요한 관계들을 잘라내고, 필요하진 않지만 좋은 관계들은 묻어두었다. 수중의 10만 원을 가장 훌륭한 방법으로 쓰는 법과 쓰지 않는 법을 함께 배웠다. 이별과 만남의 담담함과 아름다운 결별을 배웠다. 하나둘씩 모두가 떠나가고 마지막으로 내가 떠나게 되었을 때 나는 눈물 대신 미소를 지을 수 있었다. 우리는 순간에 충실했기 때문이었다.

"Long time together, No miss you."

파파 부의 애정 어린 농담이 섞인 마지막 인사에 나는 외쳤다.

"Yes, But we still love each other, Forever!"

나는 한국으로 돌아와서도 몇 달 내내 부와 함께한 아침을 떠올렸다. 새소리와 기타 소리, 부가 내린 커피의 향이 뒤섞인 조용한 아침. 신선한 과일을 베어 먹고 부를 바라보면 덩달아 나오는 어여쁜 미소.

공백의 시간을 거치면서 나는 일상 속에서 파파 부가 내게 알려준 것들을 종종 까먹는다. 그러다 못난 마음이 나를 비집고 나올 때면 나는 부의 잘 자리 잡은 주름을 떠올린다. 주름 사이 사이에는 사랑과 용서와 이해와 용기가 끼어있다.

Paradise in my heart

그가 가르쳐준 것들을 되새김질한다.

행복은 결국 내 마음속에서 찾을 수 있음을. 작은 것들을 외면하지 않을 쉼이 우리에게 필요하다는 것을. 결국 나를 행복하게 만드는 것은 내 스스로 발견해야 한다는 가장 중요한 삶의 원칙을. 결국, 내가 간절히 꿈꾸던 지상낙원은 내 안에 있었다.

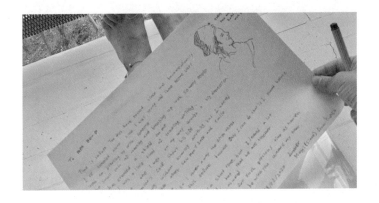

매일 손수 아침을 차려주는 부

Letter To Someone

벌써 네 번째 책이다. 첫 책을 낸 지 8년이 지났는데, 신기하게도 아직 여행을 다니고 글을 쓰고 있다(시간 이동 영화를 볼 때마다 생각한다. 제발 스물둘로 돌아가 그때의 안시내를 말려주기를… 아주 간절히…). 어렵게 간 학교도 때려치우고, 거친 여행을 한다는 이유로 온갖 희롱도 견디며 버텨온 길이지만, 그때의 용기가 어디 갔는지 나는 매번 자신을 의심한다. 취업 사이트를 수없이 들락날락거린 건 꽤 되었다. 과연 내게 계속 씀을 지속할 힘이 있나? 돌아가기엔 이미 너무 늦었을 텐데. 어린 시절, 내가 만난 서른의 어른들도 대체로 같은 고민을 하고 있었던 걸 떠올려 보니, 나 역시 너무도 보편적인 사람이었다.

한 줄 한 줄 적어가기 벅차하는 나를 보며 친구 수현은 말했다. 내가 이렇게 한마디 쓰기가 힘겨운 것은 서른까지 글을 쓰며 수년 동안 쌓아온 낱말과 미지의 책임감이 만들어낸 고유의 행위라고. 세상을 바꿀 수 있는 재력가는 아니지만, 낱말 하나로 누군가의 세상을 함께 걸어 줄 수 있다고.

아주 오랜 기간, 사랑을 담아 책을 써냈다. 어디에나 있고, 어디에도 없는 우리의 이야기를 통해 활자 안에 숨겨진 진심 어린 손길을 잡아주길 바라면서. 모자란 사람이지만 나의 삶을 용기 있게 고백해본다.

진심이 담긴 글의 힘을 믿는다. 형편없는 위로일지라도 계속해서 내 눈에 담긴 세상을 전하고 싶다. 올해도, 꿋꿋하게 안시내의 사랑을 이어나갈 것이다.

우리는 사랑이 가득한 가정에서 자라지 못했지만, 누구보다 많이 세상과 접촉하며 '사랑'의 언어에 대해 동경하고 탐구해왔으니 말이죠. 그런 의미에서 나는 당신이 나의 모습을 묘사한 편지를 봤을 때 더욱더 확신했습니다. 당신이라는 존재는 사랑받아야만 하는 자격이 넘치는 사람이라는 걸. 누군가를 조용히 지켜본다는 것, 깨우지 않고 그 사람의 꿈을 옆에서 묵묵히 본다는 것, 그리고 가

끔 그 모습들을 떠올리며 살아가는 당신의 마음과 시선은 이 시대
의 사랑의 표본이라고 느꼈어요. 에로스, 스토라게, 필리아, 아가페
다 집어치우고 이건 안시내의 사랑이라는 걸요.

– 수현의 편지 중에서

*

나의 말에 귀 기울여준 당신이 궁금합니다. 편지를 보내주세
요. 언제나처럼 답장이 없을지라도, 사람이 필요한 어느 밤에
는 당신의 이야기를 읽으며 잠들고 싶어요. 알림 설정은 안 해
두었으니 새벽 시간도 괜찮습니다.

Adress : sinae0512@gmail.com

안시내

어디에나 있고
어디에도 없는

초판1쇄 2022년 5월 12일 **초판3쇄** 2023년 10월 31일 **지은이** 안시내 **펴낸이** 한효정 **편집교정** 김정민
기획 박자연, 강문희 **디자인** purple, 화목 **마케팅** 안수경 **펴낸곳** 도서출판 푸른향기 **출판등록** 2004
년 9월 16일 제 320-2004-54호 **주소** 서울 영등포구 선유로 43가길 24 104-1002 (07210) **이메일**
prunbook@naver.com **전화번호** 02-2671-5663 **팩스** 02-2671-5662
홈페이지 prunbook.com | facebook.com/prunbook | instagram.com/prunbook

ISBN 978-89-6782-160-9 03810
ⓒ 안시내, 2022, Printed in Korea

값 16,000원

이 도서의 국립중앙도서관 출판예정도서목록(CIP)은 서지정보유통지원시스템 홈페이지(http://seoji.nl.go.
kr)와 국가자료공동목록시스템(http://www.nl.go.kr/kolisnet)에서 이용하실 수 있습니다.